小若的神祕朋友

溫小平◎文　恩佐◎圖

自序

當我們心裡藏著「害怕」

溫小平

每個人心裡多少都會有自己害怕、恐懼，或是討厭的東西吧！

從小，身邊的人看我很愛冒險，同學跟我打賭跳牆、吃墨水總是輸，就說我「天不怕、地不怕」，事實上，我的膽子可不像外表看來那麼大。

我怕毛毛蟲、怕蛇、怕黑、怕考試、怕一個人睡覺……，舉例起來，可是一大串，這些恐懼害怕，彷彿妖魔鬼怪，躲在暗地裡，趁我不注意，就偷偷跑出來傷害我，讓我痛苦不堪。

少部分害怕是說不出原因的，例如毛毛蟲或蛇之類軟體動物，我看了就會起雞皮疙瘩，如同我不喜歡吃肥肉、羊肉，無論如何練習，都無法改變，這可能我天生跟他們不投緣吧！

但是，大部分的恐懼都是有原因的。

我怕考試，因為學生時代壓力大，考試前永遠都沒有讀完書，擔心自己繳白卷、考零分，很丟臉。

我怕一個人睡覺，因為家裡曾經遭過小偷，他從我床頭竊走皮包，想到他很可能割斷我脖子，就嚇得渾身發抖，從此嚇破膽，總要有人陪。有回出國訪問，主辦單位安排豪華套房給媒體，一人一間，別人高興得不得了，我卻嚇得兩個晚上無法睡覺。說起來好像很丟臉，但是沒辦法啊！

還有，我害怕上臺，因為小一時老師派我參加演講比賽，平日嘰嘰呱呱的我，上臺後腦袋一片空白，什麼也說不出來，把老師氣得半死，我自己則是從此得了舞臺恐懼症，那以後打死我也不敢上臺，更別說是上臺說話了。

或許，你會說，怕就怕嘛！你不說也沒人知道，只要拒絕跟害怕的事物打交道就好了。

但是，慢慢的，我就發現，如果不消除「害怕」，這些「害怕」就會阻礙我們的人際關係，影響我們的表現，甚至限制我們的發展，結果我們只想把自己藏在角落裡，不被發現就好。

當然，我們不可能喜歡所有的人事物，每個人的害怕也不可能完全相同，那怎麼辦呢？

想了又想，我想到了「小若的神祕朋友」這個故事。念小六的小若，他不快樂，負面的情緒塞滿心裡，雖然同學叫他「好好先生」，其實那只是他軟弱的障眼法，他害怕得罪同學，他害怕沒有朋友，結果就變得愈來愈害怕、愈來愈軟弱。

小若覺得全世界的人都不了解他，他一個人好孤單，每天放學，就要面對冷清的屋子。因為小若剛出生，爸爸就不見了，小若認為可能是他長得太瘦小，爸爸擔心他以後會常常生病，要花很多醫藥費，所以就藉著失蹤躲起來，不想見到他。

這麼一來，小若媽媽就很辛苦了，她必須努力工作，才能讓小若和她得到溫飽，所以媽媽常常不在家。

那麼，小若怕什麼呢？

他怕黑、怕蟑螂、怕電梯、怕霸凌、怕朋友離開、怕爸爸永遠都不回來了。

可是，他卻發現，如果想辦法讓這些害怕變成自己的朋友，就可以化敵為友，甚至漸漸的遠離「害怕」這頭怪獸。

說也奇怪，當他改變自己的想法之後，這些神祕朋友們，成為他的幫助與鼓勵，讓他開始有了一點點勇敢，願意試著踏出探索的腳步。這才明白，大家都不像他所想像的那麼勇敢，每個人都有各自的軟弱與害怕。

雖然他的媽媽還是愛哥哥比較多，爸爸還是沒消沒息，但是，這些事情都不會再影響小若的快樂了。

你呢？你心底藏著什麼害怕，不妨試著學習小若，說不定，有一天，你也會增加許多好朋友，孤獨與寂寞再也無法騷擾你了。

告訴你一個祕密，現在的我已經不害怕上臺了，而且，全省趴趴走到處去演講呢！我做得到，你一定也可以。

目錄

目錄

床底下的小黑

小若喜歡畫畫，最期待每周一次的美術課。

美術老師有個美麗的名字，艾荷花，因為她爸爸喜歡荷花。

有人覺得很土氣，小若卻可以接受，就像他可以接受自己的名字一樣。

爸媽都是這樣，希望藉著幫小孩取名字，實現他們的願望，表達他們的想法。

小若本來叫做小苦，誤打誤撞，變成小若，還好是小若，看起來飄逸，好像多了半邊翅膀，聽起來也比較有想像空間。

SUPER
OWL
My Neighbor

小若已經聽媽媽說了好幾遍取這個名字的典故，也寫在周記裡，班上同學都耳熟能詳。

事情是這樣的。媽媽在醫院裡生下他，出院那天早上，爸爸付完帳單就失蹤了，無論媽媽怎麼尋找、四處打聽，都沒有人知道他去了那兒。

小若猜測著，「可能爸爸被謀殺了。」

媽媽搖搖頭說，「不可能，你爸爸是個好人，說話輕聲細語，從沒有對我發過脾氣，連螞蟻都不敢踩死，怎麼可能會有仇人。」

小若繼續猜測著，「那他可能已經有太太小孩，不想負責任，所以跑掉了。」

媽媽阻止他繼續猜下去，「你想到的媽媽都想過了，我肯定他沒有跟別人結婚，他只是不想負責任。因為他第一次聽到你哭，就說你好吵，他受不了天天聽到小孩子哭，他的頭快要炸了，一定是這樣。」

小若想，媽媽實在有夠笨，既然要跟爸爸生小孩，卻不先跟他結婚，爸爸當然會跑掉。結果，害得他沒機會看到爸爸，有爸爸好像沒有爸爸，實在倒楣。

就因為爸爸神奇失蹤，媽媽哭得很傷心，又擔心她無法把小若照顧長大，小若還沒有滿月，她就趕緊跑去戶政事務所報戶口，為了紀念自己的命很苦，所以給他取名字叫做「小苦」。

大概是媽媽身體太虛弱，原子筆沒有抓穩，字寫得歪歪扭扭，把小苦寫成了小若。當媽媽發現以後，也就將錯就錯，希望「若」字多出來的那一撇，能把小若命裡的苦難一撇撇到太平洋。

小若懷疑，一個人的名字真有這麼大的影響力量嗎？例如艾荷花老師就不喜歡荷花，她說她喜歡畫裸體，男生女生小孩老人……沒有穿衣服的樣子，多麼原始多麼自然。

同學說艾荷花老師有些變態，小若不這麼認為，他們出生的時候都沒有穿衣服，可見得不穿衣服比較正常。所以，他常常發言挺艾荷花老師，不希望同學侮辱她。

但是，今天艾荷花老師發下他們上次的美術作品「我的心中有個天使」，小若只得了七十分，他既失望又生氣，原以為自己可以得到九十分，因為太生氣了，就決定以後不要站在艾荷花老師那一邊。

他畫了一個以媽媽為藍本的胖天使，頭髮捲捲的，然後把臉和手腳的皮膚都塗成黑色，既特別又可愛，就不會跟同學畫的一樣。

艾荷花老師卻說，天使的皮膚不可能是黑色，應該是白色，否則穿上白衣服很奇怪。

艾荷花老師根本就是種族歧視，她平常都鼓勵大家要彼此相愛，卻是嘴巴說愛，心裡做不到，像他爸爸一樣。

小若決定回家跟媽媽求助，希望媽媽為他打抱不平，不是要為他爭取高分數，而是糾正艾荷花老師種族歧視的觀念。

剛要轉到他家巷口的豆花店時，手機響了，是媽媽打來的，她要晚歸，因為媽媽在吳伯伯家當管家，吳伯伯要從大陸回來，吳媽媽希望家裡整齊乾淨，免得吳伯伯罵她好吃懶做。

小若覺得很奇怪，他媽媽又忙又累，事情多到做不完，吳媽媽卻不上班也不做家事，天天去小美家的髮廊洗頭，也不怕洗成禿頭，小美就說，「有錢人就是這樣，錢多時間多。」

媽媽糾正小若的想法，「如果不是吳媽媽想要保護她的一雙美麗的手，請我當管家，我就沒有錢賺，也沒辦法買手機給你。」

大人說話總是比較誇張，他的手機根本是一元手機，哪要花什麼錢？讓小若憤憤不平的是，這麼一來，吳媽媽家變得一塵不染，他家卻亂七八糟，無人整理，家事的責任就落在小若身上。

除了做家事讓他覺得困擾，主要的是，他喜歡媽媽在家，每次放學，走進十三巷，他只要抬頭，就會看到媽媽在陽臺跟他揮手，他好感動、好激動，好像大明星在旅館窗口跟他揮手，媽媽的臉如同一朵盛開的向日葵，搖曳在陽臺的盆栽中。

如果再加上爸爸的臉就好了。

十三巷附近的爸爸幾乎都回家吃晚飯，他卻永遠也等不到。艾荷花老師說，不能輕易放棄，如同梵谷，雖然沒有完成學業，卻因為堅持到底，不斷努力作畫，才讓大家欣賞到他精采的畫作。

可是，如果始終等不到呢？是不是要換一個爸爸？他不要像守株待兔的獵人那麼笨，等到樹都老了、死了、倒了，還守在樹旁邊。

那麼，誰才有資格做他爸爸？不管是誰，最起碼要喜歡他的朋友小黑。

他跟小黑認識一個多月，就好像幾百年前就認識了，那他大概是張飛，小黑是關公。

那天媽媽幫忙里長準備端午節的里民團康活動，小若獨自寫功課，寫得有點累，拿起棒球在手套裡丟上丟下，希望可以把自己鍛鍊成棒球國手一樣的金手套。

因為心不在焉，一下子沒接好，棒球滾啊滾的滾到床底下，他掀開床單，看到床底下好多灰塵，媽媽發現一定會生氣。他很努力的到陽臺把吸塵器搬進來，插上插頭，剛把吸嘴伸進床底下，就聽到有人大叫，「救命啊！我要被吸進去了。」

他嚇得丟下吸塵器，東張西望，搞不清楚哪裡傳來的聲音？

「誰？你是誰？你在哪裡？」

「我就在床底下啊！你把吸塵器關掉，好可怕的聲音。」有人在床底下大聲回應他。

好可怕，他的床底下有人。他是怎麼跑進他家的？難道是媽媽前幾天在巷口遇見的流浪兒，來不及跟他說，就把流浪兒帶回來，安置在他房裡。

媽媽太過分了，這是他的房間，怎麼可以讓陌生人進來？小若彎下身體，貼著地板，竟然看到一個皮膚黑黑的小男生翹著腳躺在床底下，嘴裡舔著棒棒糖，手裡捧著漫畫書，好像這是他家一樣自在。

「喂！你到底是誰？你出來，這是我房間。」小若揮揮吸塵器的吸嘴對他說。

「我叫小黑，我喜歡在床底下，這裡比較舒服，外面燈光太強，好刺眼，我眼睛會痛。喂！現在電費這麼貴，你怎麼可以這麼浪費電？燈開得這麼多。」小黑賴在床底下，動也不動。

小黑的視力一定很強，超過2.0，床底下沒有燈，暗濛濛的，他竟然可以看漫畫。小若本來想拉他出來的，但是被他說穿自己的痛處，頹然坐到地上，坦白承認自己的恐懼。

「不是我浪費電，是我怕黑。我媽媽又不在家，我只好把家裡所有的燈全部打開，讓每個角落都是亮的。」

「你為什麼怕黑呢？」小黑關心的問他。

「我覺得黑暗裡躲著怪獸，會趁黑跑出來把我吃掉。記得有一次我上廁所，突然停電，媽媽叫我不要怕，她馬上找手電筒來，我急著擦屁股想要衝出廁所，剛剛按下沖水手把，黑漆漆的馬桶裡突然發出好大的怪聲，嚇死我了。我就跟媽媽說，馬桶裡住著臭死達人，只要媽媽不在家，就會把我抓走。我現在都不敢一個人上廁所，都要忍到我媽媽回家……」

「真好笑，你都不怕大便大到褲子上，這大概就是臭死達人的詭計。不過我也沒有資格譏笑你，我跟你恰好相反，我怕光、怕亮。你可不可以把燈調暗一些，我就可以出來跟你玩。」

有小黑作伴，小若比較不害怕，於是把天花板上的大燈關掉，只留下檯燈。

小黑慢慢從床底下爬出來，臉上、身上沾到不少灰塵，小若才發現小黑的皮膚實在黑，他又穿了黑衣服，如果半夜站在馬路邊，根本不會注意到他的存在。小黑似乎真的很怕光，他選了床邊的陰影裡坐下，繼續看他手裡的漫畫。

小若很納悶，問他，「你怎麼都不用寫功課？」

「我不必寫功課，我專門研究漫畫，然後告訴畫漫畫的人，什麼樣的漫畫最好看。」小黑把床單掀起來指給小若看，「你看，床底下那麼多漫畫，我必須全部看完。」

小若望著堆積成小山的漫畫嚇了一大跳，結結巴巴說，「你哪裡來的漫畫？你偷來的嗎？你趕快帶走，被我媽發現，會以為我偷看漫畫，我就死定了。」

「你媽媽不會罵你的啦！她那麼愛你，不會捨得打你的啦！大人都喜歡這樣子嚇小孩。」

小若雖然剛剛認識小黑，卻很喜歡跟他說話，他看起來很樂觀，什麼都不怕的樣子。正想問他別的問題，突然聽到媽媽開門的聲音，小若嚇得跳起來，「你快點躲回床底下，不能給我媽媽看到。」

「那我先回家了，明天再來找你。」

小若轉身把棒球手套收進衣櫥裡，回過頭來，已經不見小黑的蹤影，連床底下的大疊漫畫也一起消失了。

「小黑，小黑，你在哪裡？」小若呼喊著。媽媽這時走進房間，問他，「不好好寫功課，你在跟誰聊天？」

小若沒頭沒腦問媽媽，「妳那天看到的流浪兒呢？」

「警察把他帶走了，送他回家了。你問這個做什麼？你是不是偷玩電動遊戲怕我知道？」媽媽翻看小若的書桌。

「我不會玩的，裡面住著魔鬼，萬一你不在家，他們把我抓到遊戲裡怎麼辦？雖然從此以後不用做功課，我卻要變成殺手，執行殺人任務，好可怕喔！」

「你這個孩子，整天胡說八道。快去把其他房間的燈關掉，媽媽回來了，你就不用開這麼多的燈。」

「小黑也是這麼說，只要他在，就不用開這麼多的燈。」

「小黑？小黑是誰？」

小若立刻噤口，原來媽媽並不認識小黑，他要為小黑保密，免得媽媽禁止他跟不寫功課、不念教科書的小黑往來。

這以後，只要媽媽晚上不在家，小黑就會來找小若聊天。為了跟小黑聊天，又不會影響寫功課，小若在學校的時候，盡量利用下課時間寫作業、複習功課。

所以，當他知道媽媽今晚要去吳伯伯家幫忙，他立刻連奔帶跑，想要盡快趕回家，因為小黑答應今天帶他去探險。

為了解決自己的孤單，小若曾經拜託媽媽，「你再生一個小孩好不好？就可以陪我，跟我說話。」

「我不要生小孩了。」媽媽說話的時候好像要哭了，小若的話題讓她想起悲傷的過去，因為每次生孩子都會為她帶來不幸。媽媽十八歲那年，跟她的初戀情人未婚懷孕，生下哥哥後，初戀情人來不及跟她結婚就車禍死了。小若的爸爸則是在他出生後，上演失蹤戲碼。

如今有了小黑做朋友，小若真是太高興了。他曾經問過小黑住在哪裡？他想要拜訪他家。小黑都是神祕兮兮的說，「這是我倆的祕密，你不可以告訴別人我是你的朋友，否則我就沒辦法再來找你玩了。」

小若不喜歡勉強別人，也擔心小黑從此離開他，就讓小黑繼續做他的神祕朋友。

他衝進家門，不像往常把全屋子裡的燈都打開，只開了客廳燈，就走到他房間裡，小黑已經坐在窗臺上跟他招手，「我肚子餓死了，我們可以出發了嗎？」

小若擦擦額頭上的汗水，「我要先洗澡，然後把洗衣機裡的衣服洗乾淨，否則我媽媽回家會發飆，你看過我媽媽發飆的樣子，很可怕對不對？如果她嘴巴夠大，真的會把我吃掉。」

當小若把媽媽吩咐的家事都做完，用最快的時間把隔天要考的國文課文背好，才跟小黑說，「我終於可以出門了。」

這是小若第一次跟小黑出遊，小黑就像在他家一樣，習慣走在路樹的陰影裡，還跟他說，「大人實在很浪費，根本不需要這麼多路燈、霓虹燈，你看天上的月亮多亮，讓月光照亮我們的路就好了。」

「哇！你真的很節能，市長一定會幫你貼上節能貼紙，頒發獎狀給你。」

「我不需要獎狀，我做事情憑感覺，只要是對的事情我就會去做，不需要獎狀。」小黑神氣得抬起頭來。

「我好崇拜你，你跟我的同學都不一樣，他們每天就為了考試考幾分斤斤計較，還罵我說我拖累全班。可是，我已經盡力了。」

「為什麼要為別人活呢？走吧！我們趕快去吃東西，我的肚子已經變成一個大黑洞了。」

當他們吃完路邊攤，邊走邊聊天時，卻在十三巷巷口遇見從計程車走下來的媽媽，小若正要叫媽媽，想到媽媽肯定會罵他，就縮在陰暗裡，隱藏自己。

沒想到，計程車裡又走下一個男人，很親熱的摟著媽媽的腰，他忍不住驚呼一聲，「天哪！媽媽交男朋友了，我要有新爸爸了。」

媽媽聽到聲音，回過頭來叫住小若，「你鬼鬼崇崇的做什麼？不在家裡寫功課，到處亂跑……？」

「我……我跟小黑去吃飯。」猛回頭，小黑已經不見了。

「又是小黑，哪來的小黑？我這個兒子整天瘋瘋癲顛的。」媽媽跟她身邊的男人說。

「我專治瘋小孩，你把他交給我就好了。」渾身肌肉的男人走過來捏捏小若的臉。

「你走開、你討厭，我不要你做我爸爸。」小若從小黑那裡學會說真話，他不要像以前一樣，擔心媽媽難過，只好假裝對她的男朋友很客氣。媽媽的愛情已經失敗過兩次，他一定要保護媽媽不被欺騙。

他率先上樓進屋，把洗衣機裡的衣服拿出來晾晒，這時突然聽到媽媽驚聲尖叫，「小若，你給我過來！」

媽媽看到小若發回的「我的心中有個天使」的畫，膽顫心驚的說，「你怎麼把天使畫成黑臉黑皮膚？你是不是看到……不好的東西，我明天要帶你去收驚。」

「我們的影子是黑的，我們的頭髮、眼珠也是黑的，他們不好嗎？天使也可能是黑的。」小若學著小黑說話。

「我看你還是把房間裡的燈開亮一點！」媽媽做了結論。

媽媽真是矛盾，以前怪他浪費電，現在卻要他把燈打開。難道是因為小黑的緣故？

可能是小黑知道小若要考試，不想吵他，好幾天沒有出現，小若十分想念他，刻意讓房間保持微弱的光，希望小黑出現的時候不會被強烈的光刺到。他這才發現，自己漸漸不怕黑了，因為黑暗裡有他喜歡的朋友──小黑。

當小若躺上床，只留下牆角的小燈，準備睡覺時，小黑卻出現在他的床角，跟他招手說，「嗨！小若，你很厲害喔，燈開這麼少，現在輪到你變成節能天使了。」

「你怎麼現在才來？我等你好久了。」小若興奮的坐起來。

「我是來跟你告別的。我的漫畫都看完了，我另有新的任務。」小黑神色黯然，顯得臉更黑了。

「你什麼時候再回來？我還要教你打棒球呢。」

「我是你的朋友，怎麼可能忘了你，只是現在要先說再見了。」

小若好捨不得他，悄悄流下感傷的眼淚，正在擔心小黑會笑他男兒淚怎麼可以隨便彈，小黑已經不見了。他閉上眼睛，希望很快進入夢鄉，因為小黑說的，黑夜只是白天的另一張臉，不需要怕他，上帝只是藉著黑夜告訴我們，應該休息了。

說也奇怪，這天開始，小若不再怕黑了，因為他知道，天愈黑，他愈有可能遇見小黑——他想念的朋友。

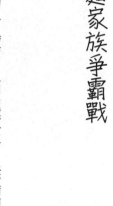

泡麵家族爭霸戰

突然的一場雨，到處積水，無論開車、騎車、走路都不方便，路上的行人變少了。小若也待在家裡，懶得出去，趴在窗口，很想問農夫伯伯是否喜歡下雨？不過媽媽說，現在的農夫愈來愈少，可能問不到答案。

小若不喜歡淹掉房屋、沖垮橋梁的大雨，像這樣在窗玻璃上面作畫的溫柔雨水，他挺欣賞的，雨絲斜過來、掃過去，畢卡索的作畫靈感是否來自於他經常看下雨得到的呢？

他的肚子好餓，回頭望了一眼客廳角落的摺疊餐桌，桌上用陶豬壓

著一百元，是要買晚餐用的，因為媽媽去養生用品的直銷客戶家，來不及做晚餐。

一百元能購買什麼呢？漢堡炸雞都太貴，不是他的選項，看樣子又要吃泡麵了。導師說泡麵吃多了會變禿頭、短命、生不出小孩，他聳聳肩膀，反正他還小，這些不幸事件離他還很遠，吃泡麵既方便又省錢。況且，泡麵常常打折，他還可以乘機跟便利商店的店員哥哥聊天。

出門轉角就是便利商店，小若不想撐傘，希望雨水澆一澆他的腦袋，讓他的火氣減消一些。

他今天心情不好，屋外雨紛紛，他的心卻亂紛紛，主要來自同學之間的吵架，他討厭吵架，除了大家說的話都很傷人之外，綽號「好好先生」的他，必須絞盡腦汁勸架，運氣不好，還被同學拖下水，連他一起罵，好倒楣喔！為什麼大家不能和睦相處呢？

問題出在志偉在班上到處說李寶貴爸媽鬧離婚的事，這種人叫做報馬仔，還是抓耙仔？小若不會分辨，反正全班分成好幾派，有的站在志偉那邊，有的大聲指責志偉，吵得不可開交，結果大家都被處罰，放學後留在教室聽導師訓話。

志偉很生氣的說，「我說的是事實，幹麼要被罰？」

經常跟志偉唱反調的小青說，「你這不算抓耙仔，什麼才是抓耙仔？」

始作俑者的小美嚇得低下頭不敢說話，她萬萬沒有料到，只是轉述她媽媽在美容院聽到別人說李寶貴爸媽鬧離婚，竟然引起軒然大波。

「如果這是事實，志偉為何不能說出來？」芋圓也很納悶。

小青扠著腰，大聲說，「這是別人家的祕密，當然不能說。他希望別人說他晚上睡覺會尿床嗎？」小青意有所指。

「史小青，妳怎麼可以這樣說志偉？那妳不是比志偉更過分！」正浩站起來大聲抗議。

「程柏若，你說話啊！快點啦！你要主持公道啦！」一旁的阿里拱小若出來。小若卻轉過頭望向窗戶外的遠山，他好想上山學武功，學會如何點大家的啞穴，讓大家閉嘴。

眼看著吵下去沒完沒了，導師只好說，「這件事情到此為止，誰都不准再討論了。」

小若的心情卻更加沉重，導師這樣說等於沒有處理問題。眼看著再過一年就要從小學畢業，大家卻不珍惜情誼，動輒吵架、鬧事，讓他十分傷心。

他揹起書包，獨自走在回家路上，悄悄瞥了瞥事件主角的李寶貴，她沒有發言，從頭到尾緊抿著嘴巴，她的沉默不語，是否代表默認？如果這件事是真的，李寶貴已經夠可憐了，大家為什麼還要到處傳布，造成第二次傷害？

小若想去問美術老師艾荷花的意見，雖然她上次給他的圖畫分數很低，可是他知道艾荷花老師不是故意的，她是一位好老師。快要接近辦公室時，他縮回腳步，如果他說出這件事，他不是也變成抓耙仔？做人真難耶！

小若走進便利商店，獨自晃啊晃的挑選他要買的泡麵，他從最上面一排排往下看。媽媽說過，做決定以前，一定要全部看過，同時要看得很清楚，才不會做錯決定。

看了一會兒，小若覺得最下排的泡麵很可憐，不但容易沾到灰塵，而且每天都看大家的腳丫子，遇到下雨天，大家的腳又溼又臭還有泥濘，這些泡麵就更慘，肯定鼻子都熏爛了。

他蹲下去查看價目，他是否應該挑選這種簡易包裝、沒有杯碗的便宜泡麵呢？

剛剛伸出手要拿最末排的鮮蝦米粉，突然聽到怪腔怪調的聲音說，「買我、買我，帶我回家。」

「是誰在說話？」小若回頭看看店員曹冷哥哥，他正忙著擺放飯糰、三明治，店裡也沒有其他顧客，那是誰？

「是我啦！我是大乾麵，買我最划得來。」竟然是第二排的泡麵發出聲音。

小若嚇得轉身要逃，第三排的炸醬麵急著發言，「買我、買我，我雖然小，歷史悠久，口碑很好。」

第一排的麻辣乾麵結結巴巴說，「不要走，求……求你，我……我是新口味，你要給新人機會，不然我會被……被下架。」

他沒有聽錯，這些泡麵正在跟他說話，甚至發出求救信號，小小一碗麵，不會害他吧！認識小黑這位神祕朋友之後，他比較能夠接受會說話的泡麵。況且，他既是「好好先生」，怎麼可以見死不救？

於是，他停下來，想了想。當初若不是艾荷花老師指派完全沒有比賽經驗的小若參加美術比賽，他怎麼可能獲獎？他應該給麻辣乾麵一個機會，否則他很可能永無翻身機會，就被退貨了。

跟著一聲「哈啾！」，小若想，吃麻辣乾麵說不定可以預防感冒，更堅定他的選擇。小若的手指剛碰到麻辣乾麵，韓國泡菜麵立刻發出悲鳴，「我更慘啦！自從我們棒球打贏你們之後，大家看到我們就罵，我在這裡已經住了一個月，根本乏人問津。」

泡麵家族這麼吵，奇怪的是，曹冷哥哥始終沒有抬頭，他似乎聽不到泡麵說話。銷量一直很穩定的原汁牛肉麵，連忙制止泡麵的爭鬧，「噓！你們安靜一點，讓小若想想看，難得有人願意聽我們說話，我們要尊重他的選擇。」

小若索性面對泡麵群席地而坐，認真考慮、謹慎選擇。每種泡麵彷彿他的同學，各有脾氣，不管他挑選誰、站在誰那一邊，其他泡麵都會生氣。

小若因為扮演弱者久了，還是比較同情弱者，他注意到一直不說話的臭臭鍋麵，似乎被冷落一旁，就跟他們說，「你們不要吵了，我以後輪流買一種泡麵，大家都有機會。今天我決定買安靜的臭臭鍋麵。」

鮮蝦米粉哀怨的說，「他……有口臭啦！所以不敢說話。」

小若不理他，拿了臭臭鍋麵走到櫃檯正要付帳，媽媽卻打手機給他，「小若，跑到哪兒去了？怎麼不在家？我買火雞肉飯給你吃了，一百塊沒花掉就留到下次用。」

太棒了，他可以理直氣壯不買泡麵了，迅速把臭臭鍋麵放回架上，臭臭鍋麵氣得罵他，「你不講信用，……你不夠朋友！」哇！果然他有嚴重口臭，小若摀著鼻子，急忙衝進雨裡。

雨勢實在驚人，所以，何叔叔開車送媽媽回來，小若進門時，因為身體淋溼了，沒有跟何叔叔打招呼，邊打噴嚏，連忙衝進浴室。

媽媽呼喚他，「小若，怎麼沒有禮貌？叫何叔叔啊！」

小若用毛巾擦頭、擦身體，冷冷的沒有回應，也沒有走出浴室。

何叔叔儼然心理學家似的說，「他一定是在學校裡闖禍了，小朋友闖禍都是這種表情。」

小若好討厭這種自以為了不起的人，沒資格做他爸爸的候選人，站在浴室門口望著他們，依舊沉默不語。何叔叔繼續說，「你看你看，我說得不錯，他默認了。」

小若抬起頭瞪他一眼，剛脫離泡麵家族的圍攻，心情很混亂，所以不想說話。突然聯想到李寶貴那張黯然的臉，似乎有些明白，沉默不表示默認，只是不想說、懶得說。

媽媽擔心小若突然發飆，找了藉口請何叔叔離開，小若吃著已經涼掉的火雞肉飯，開始想念差點買到手的臭臭鍋麵。

狼吞虎嚥解決掉晚餐，為了弄清楚班上的「抓耙仔」事件，小若決定打電話給小甘，小甘是全班唯一不讓他討厭的女生，不囉嗦、不撒嬌、不罵男生，而且喜歡打抱不平。他問小甘，「李寶貴被欺負，大家說他爸媽壞話，你當時怎麼沒有見義勇為？」

小甘「嗯……」了半天才說，「我那天親眼看到救護車到我家樓下，把自殺的李媽媽抬走，這是真的事情，我不能說謊否認，當然只能閉嘴。況且，我自己爸媽也常常吵架，我如果開口，他們下次就會說我的八卦、打我的小報告。」

小若搞不懂，同學們的爸媽為什麼那麼喜歡吵架？像他只有媽媽，她根本沒有吵架的對象。不過，他雖然討厭吵架，如果現在爸爸就在他面前跟媽媽吵架，他卻不會生氣，只要能聽到爸爸的聲音，即使是爸爸大吼大罵，也好。很矛盾對不對？

現在的李寶貴是否也很傷心呢？擔心外遇的爸爸會跑掉，自殺的媽媽會死掉。

上學時，小若特別彎到李寶貴家的巷子，等她出門，然後關心的問她說，「妳媽媽救回來了嗎？」

李寶貴點點頭，眼眶含著淚。

「妳要安慰妳媽媽，失去爸爸的痛苦我最了解，妳不要理睬同學們的閒言閒語，沒有失去過的人是不會懂的。我好希望我爸爸回來，他不曉得跑去那兒了？」小若說著，似乎也要哭出來了。

這時，志偉剛巧騎單車經過，「嘩！」了一聲，「原來你們搞曖昧，怪不得程柏若不願意主持公道。」

李寶貴真的被激怒了，追過去用便當袋敲打單車後座，罵他，「你是全世界最討厭的『抓耙仔』，沒有愛心，只會幸災樂禍。」

「哈哈，搞曖昧……」，志偉愈騎愈遠，「我要跟導師說……」

當小若在走廊遇見艾荷花老師，艾老師問他，「小若，怎麼臉臭臭的？」

他已經無計可施，只好小聲說出事情原委，他相信艾荷花老師絕對不是「抓耙仔」，他可以放心請教她。

艾荷花老師說的好，「即使是真實的事情，如果別人不希望被散布出去，就要止於智者，沒有愛心的人才喜歡做『抓耙仔』。」

所以他決定做有智慧的人，不管志偉怪他只會幫女生說話，丟男生的臉，他終於明白自己要站在哪一邊。就像他買泡麵一般，他即使想要公平，也無法討好每一種泡麵，他要傾聽自己心裡的聲音。

早上出門還在生媽媽的氣，晚餐又要自己解決，這會兒，小若卻興高采烈衝進便利商店，想要謝謝泡麵教他的功課。

沒想到，他跟泡麵們熱情打招呼，泡麵卻毫無動靜，難道是生他的氣，怪他那晚挑選半天，一包泡麵也沒有買？

小若擔心被其他顧客聽到，以為他精神有問題，只好輕輕拿起一包包泡麵，假裝看包裝說明，一邊小聲跟他們說話，直到他全部都輪流過，泡麵區仍舊是一片靜悄悄。

難道是他那天餓昏了，把胡思亂想當作泡麵發牢騷，泡麵怎麼可能說話？太好笑了，說給誰聽都沒有人會相信。不過，他既然答應泡麵要照顧他們，就不能食言，於是，他挑選了自己喜歡的海鮮麵。

端著麵碗，獨自坐在窗前一口口吃著，到底有多少小孩像他這樣，每天晚上孤獨的吃泡麵。相較之下，泡麵還比他幸福，整個大家族一起住在便利商店，即使吵架也很溫暖。

班上的氣氛依舊怪異，志偉和正浩看到他愛理不理的，小若並未因此加入李寶貴或小甘那邊，只希望這群同學能夠明白友情的可貴，他們不想珍惜，他也不必勉強他們。他要讓他們知道，「好好先生」也是有個性的。

之後，小若不斷找機會到便利商店試了又試，泡麵依然不說話，甚至換了其他家商店也是照樣希望落空。而他因為媽媽回家煮飯的次數增多，所以吃泡麵的機會也少了許多。

又到了下雨天，因為過幾天要考試，小若讀書比較晚，肚子餓得咕嚕嚕叫，媽媽忙著看連續劇，不想幫他煮宵夜，小若想，沒關係，那就吃泡麵吧！尤其是杯麵的分量不會太多，又不必洗碗。

他直接走到住家轉角的便利商店，到泡麵區順手拿起第四排的蔬菜牛肉杯麵，突然，聲音洪亮的燒肉桶麵說話了，「今天你應該要買雞絲麵。」

小若嚇得手中的杯麵差點掉在地上，他四處張望，店裡沒有客人，又輪到曹冷哥哥值班，氣氛潮溼而怪異，雖然再度聽到泡麵說話，他有點興奮，還是免不了生氣的問，「你們前一陣子為什麼不說話，還說是我朋友呢！」

「我們也是有個性的，不隨便跟人交朋友，我們必須觀察你的為人，到底值不值得我們交心。」老氣橫秋的紅燒牛肉麵說。

「討厭，討厭，好討厭，我才不稀罕他買不買。」地獄拉麵的脾氣不太好，說話口氣很像史小青，聽起來很嗆辣，其實心裡很孤單，渴望擁有好朋友。

雖然小若想要幫忙地獄拉麵，可是，快要上床前，不適合吃太辣的泡麵，屁股會噴火。小若跟他們聊了幾句，擔心媽媽罵他在外面停留太久，匆忙買了雞絲麵，跟泡麵約定好，「你們下次不可以不理我喔！」

小若回家拆開包裝後問媽媽，「裡面又沒有雞絲，為什麼叫雞絲麵？」

「你要有一點想像力啊！想像裡面加了雞絲。你爸爸就很喜歡吃雞絲麵。每回我們一起看電影，就會把雞絲麵放在隨身的保溫杯裡，加入辣椒醬和滾水，三分鐘後就是一大杯熱騰騰的雞絲杯麵，然後縮在電影院最後一排，他一口我一口，那是我很難忘的回憶。」

莫非是泡麵們知道他想念爸爸，特意指點他買雞絲麵？於是，小若如法炮製，加了辣椒醬，把雞絲麵一口口吃下肚，抬起眼望著眼前的梟梟熱氣，好像爸爸就坐在他對面。眼眶裡，是被辣出來的淚水，還是感傷的眼淚，他已經分不清了。

漸漸的，小若總算弄清楚，每逢遇到下雨天，便利商店沒有其他客人，而且又是曹冷哥哥值班，泡麵才會開口說話。原汁牛肉麵告訴他說，「曹冷做事很專心，聽不到我們交談，同時，下雨天顧客少，才不會被人知道我們會說話的祕密。」

既然是朋友，小若有義務幫他們保守祕密。有時候，為了停留久一點，小若也會帶著作業，在玻璃窗邊的小桌上寫功課，感覺上不那麼孤單。

他始終沒有買過韓國泡菜麵，泡菜麵也不再罵他，因為他們知道，小若不是討厭韓國，而是不喜歡吃辣。所以，地獄拉麵、麻辣乾麵都不曾跟小若回家過。

至於經常送媽媽回家的何叔叔，也被媽媽淘汰出局，因為媽媽說，「我希望他既溫柔體貼，又能粗獷有個性，既有創意常常變花樣，又能腳踏實地守本分。」

就好像排骨雞麵、海鮮牛肉麵，擁有兩種不同的味道，小若卻不喜歡這樣混亂的味道。大概是媽媽還在懷念他的爸爸或是哥哥的爸爸，所以，她找藉口拒絕何叔叔。

這天，小若照常起床，準備上學，難得見到媽媽的身影在廚房晃動，而且還哼著輕快的歌，聽說哥哥快要退伍了，所以，媽媽這麼快樂，連小若都感染了快樂心情。

只是，快樂的時光總是如此短暫，當他走進教室，大家不早自習，卻三五成堆的吵鬧不休，小若來不及問怎麼回事，正浩就跑過來，傷心的跟他說，「志偉住院了，他爸爸用熱水瓶丟他媽媽，卻不小心把他燙傷了……」

小若愣住了，不曉得如何接話？說志偉活該嗎？誰要他嘲笑李寶貴？可是，小若卻開不了這樣的口，才隨著媽媽高興的心又開始潮溼，考慮著放學後是否要去探望志偉？

抬起頭，很久沒有下雨的天空湧現烏雲，或許，今晚也是個探望泡麵家族的好時光，他要看看是誰搬到第一排？

打不死的蟑螂

曹冷哥哥受不了夜晚上班的晨昏顛倒以及孤單，加上有回午夜差點遭到搶劫，身為獨生子的他，耐不住阿媽三番兩次到店門口哀求他回家，只好辭去便利商店的工作。

新來的夜班店員孟君十分盡責，好像全身每個細胞都是一具監視器，每當小若踏進店裡，他就虎視眈眈盯著，似乎認定小若是小偷。尤其是小若喜愛逗留的泡麵區，孟君更是有意無意的走過來、晃過去，假裝要整理架上的物品，根本就是查看他的一舉一動。

小若很想告訴他，「我不會偷東西，我只想跟泡麵聊天。」可是，

那不知要花費他多少唇舌，搞不好孟君還會罵他是小瘋子。

小若只好減少去便利商店的次數。這麼一來，泡麵家族沒了說話對象，漸漸也少言少語。接著，他起初認識的那一批泡麵也陸續被人買走，後來的泡麵都不知道小若是他們的朋友。

小若吃膩了泡麵，那樣熟悉卻也油膩的味道，讓他的胃他的鼻腔都不舒服，況且，他喜歡的艾荷花老師也說，泡麵不健康，不適合做我們永遠的好朋友。他最近考試成績不佳，說不定就是泡麵吃多了，裡面的添加物等化學物質，讓他變笨了。

其實，也因為媽媽開始煮好料，既然有媽媽的好手藝，小若當然不必外食，這些都是拜哥哥所賜，媽媽因為愛哥哥，讓小若的肚子也分到一杯羹。

哥哥從海軍陸戰隊退伍回來，皮膚黝黑，體格強壯，不像小若瘦弱蒼白，他倆站在一起，根本看不出來他們是兄弟。雖然如此，媽媽照樣滷豬腳、燉雞湯、炒腰花，要幫哥哥進補，這些進補的菜肴都是小若很少吃到的，他剛好乘機大快朵頤。

可惜好景不常，晚餐桌上，小若正起勁的啃著梅子排骨，哥哥突然說，「媽，我找到房子了，我要搬出去住。」

「為什麼？你不愛媽媽了。」媽媽嚇得抬起頭問，眼淚剎那間充滿眼眶。

「我自己做事賺錢，我要獨立自主，不想靠媽媽做媽寶。」哥哥扒盡最後一口飯，冷靜的望著媽媽，不為媽媽的眼淚所動。

媽媽擱下碗筷，不停哭泣說，「我只有你這個兒子。」

哥哥用下巴指指小若，「小若才是妳的乖兒子，妳不要辜負他了。」

媽媽似乎發現自己說錯話，補了一句，「你是我跟你爸爸的唯一兒子，你在家的時間那麼少，現在又要走了。」

別人的爸媽是不是也是這樣，不重視常常在身邊的小孩，卻想要抓住離他很遠的孩子？小若不會計較這些，媽媽深愛她的初戀情人，愛哥哥是理所當然。

哥哥摸摸小若的頭，「好好照顧媽媽，我會回來看你，有事情打手機給我。」

哥哥為什麼自己不照顧媽媽，卻把責任丟給小若？那誰來照顧小若？

哥哥回房整理行李，小若收拾碗筷，走進廚房，料理臺上那一碗已經冷卻的豬腳上面，竟然停著一隻蟑螂，興奮的吃著，頭頂的兩條觸鬚，隨著身體的擺動，彷彿演奏著《快樂頌》。

小若反正不愛吃豬腳，況且，哥哥要走了，媽媽大概也對豬腳沒興趣，他專心的看著蟑螂，沒有趕牠走，就讓蟑螂吃個痛快吧！

這隻蟑螂的姿態優美，六隻腳穩穩的站立，擺出很優雅的pose，兩對翅膀不時顫動著，好像耀武揚威的將軍，準備隨時投入戰場，一決勝負。

蟑螂將軍突然發現小若的存在，側過頭望著他，猶豫不決要繼續吃還是溜之大吉？擔心自己慢跑一步，就會被小若打死。

小若把碗筷放進水槽裡，跟蟑螂將軍說，「看什麼看，趕快吃，我媽來了，你就慘了。」

蟑螂將軍似乎聽懂他的話，又繼續吃，直到心滿意足了，才一溜煙竄進料理臺，不見蹤影。

小若把蟑螂啃過的地方用衛生紙擦了擦，覺得沾了蟑螂口水的豬腳還是很不衛生，放到水龍頭底下沖洗，然後收到冰箱裡。回頭張望，媽媽還趴在餐桌上哭泣，幸好沒被發現，他聳聳肩，繼續洗碗筷。

哥哥走了以後，不但帶走媽媽的歡笑，連媽媽的鬥志與朝氣也消失無蹤，愛漂亮的媽媽變懶散了，衣服穿得好邋遢，頭髮也不梳整齊，小若說，「媽媽，妳繼續這樣委靡不振，我要告訴哥哥了。」

沒想到，媽媽的眼睛突然一亮，「好啊！看你哥哥會不會這麼狠心，不管媽媽死活。」原來這是媽媽的苦肉計，希望挽回哥哥。

「妳這樣子，會把哥哥嚇得更遠，一輩子都不回來，連結婚都不告訴妳。而且，而且，妳也交不到男朋友。妳老了以後會很可憐、很可憐。」

小若拆穿媽媽的心思意念，讓媽媽很生氣，「你這個壞小孩，你以為這樣媽媽就會比較愛你？我討厭你爸爸，如果不是他『落跑』，我怎麼會這麼淒慘。」媽媽又開始周而復始的哭訴，小若只好悄悄走開。

一恍眼，只見一隻蟑螂從他腳邊溜過去，好像是蟑螂將軍。唉！小若苦命，蟑螂也跟著一起苦命，找不到食物。於是，他好心招呼蟑螂，「蟑螂將軍，你不必躲躲藏藏，你出來吧！我這裡有一塊乾麵包，你要不要吃？」

不一會兒，蟑螂將軍的觸鬚就在櫥櫃夾縫中冒了出來，先左右打量，確定只有小若在場，迅速飛上麵包，狼吞虎嚥吃著。

小若看他吃得起勁，心想一塊乾麵包的下場就是廚餘桶，何不做個順水人情，送給蟑螂將軍呢！於是，他說，「蟑螂將軍，這是我幫你取的綽號，如果你還有家人或朋友要吃麵包，可以請他們一起來，我不會趕你們走，也不會傷害你們。」

這時，從冰箱後頭跑出來大小兩隻蟑螂，很快的衝向麵包大啃特啃，他們的模樣好像一家人，小若問，「這是你的太太、小孩嗎？」

蟑螂將軍的觸鬚點了點，小若更高興了，「那我就叫她將軍夫人，叫小蟑螂咪咪，好不好？」

這麼一來，小若就擁有三隻蟑螂朋友，每晚跟他們分享數量不多的飯菜，好像跟好朋友享用大餐，吃得津津有味。偶爾他也會帶著作業坐在廚房門口，一邊寫功課，一邊欣賞蟑螂們表演飛簷走壁、空中飛「螂」。有時他太累了，想早點上床睡覺，就把一盤剩菜擱在料理臺上，隨便蟑螂們呼朋引伴開午夜派對，這成為他們彼此的默契。

某晚，傷心的媽媽夜裡睡不安穩，半夜起床上廁所時，「忽」的一聲，蟑螂從媽媽睡的床鋪上頭飛過去、又飛回來，嚇得媽媽尖叫不已，急忙開亮臥室的燈。

「小若，小若，快來打蟑螂。」

驚醒的小若連忙趕到媽媽身邊，說，「媽媽，好晚了，我要睡覺，明天我再幫妳打蟑螂。」

「好啦！你明天要記住，蟑螂多不衛生，會帶來傳染病，還可能到過糞坑，唉呦，髒死了、噁心死了。」媽媽雙手揮舞，好像滿屋子都是蟑螂。這該怪媽媽不好，躺在床上吃零食，難怪招引蟑螂。

趁著媽媽上床睡覺，小若衝到廚房，開亮電燈呼喚蟑螂將軍，「將軍、將軍夫人，你們在哪裡？」

將軍蟑螂迅地鑽出來。

「我跟你們說好了，只能在廚房活動，怎麼膽子那麼大，跑去騷擾我媽媽，她最討厭蟑螂的，你們以後要小心，不要再被我媽媽發現了。」小若耳提面命，蟑螂將軍用力擺動觸鬚。

媽媽下班回家頭一件事，就問小若，「你有沒有認真打蟑螂？奇怪，最近蟑螂特別多。」

小若回答說，「蟑螂也算益蟲啊！他幫我們把食物殘渣都吃乾淨。如果你嫌蟑螂不乾淨，我可以準備一個小盆子，讓蟑螂洗腳、洗澡，否則就不准他們進我們家。」

媽媽氣得跺腳，「小若你發神經啊，你瘋了，我怎麼生一個瘋小孩，跟你爸爸一樣。」

不管小若如何幫蟑螂求情，媽媽決定展開滅蟑行動。買了各種品牌的滅蟑螂噴劑、藥丸，交給小若，「明天星期六，你不用上學，我回家前，你就要繳出成績單，十隻蟑螂，不論大小，證明你有認真滅蟑螂。」

蟑螂已經像他的朋友，比哥哥跟他還親，他怎麼可以消滅蟑螂？於是，他到附近的小店賣場買了幾隻塑膠蟑螂，想要魚目混珠，反正媽媽遠遠的看，看不出來真假。

未料，才第一天，就穿幫了。

媽媽鄭重警告他，「再給你一次機會，不好好殺蟑螂，就不准吃飯，不准出門。」

「我本來也沒有什麼飯可以吃啊！」小若嘟嚷著，「妳是大人，妳為什麼不自己殺蟑螂，要我做這麼殘忍的事？」

「住在我家，就要做事，你是不是我兒子？」媽媽提高聲浪，好像把哥哥離家的怒氣也發在他身上。

每次媽媽要小若做家事，就會強調小若是他兒子，小若雖然難過媽媽這麼現實，還是很珍惜做兒子的資格，連忙說，「是啦！我會完成任務。」

媽媽出門後，小若愁容滿面坐在廚房門口，撐著下巴，無計可施。蟑螂將軍出現了，探頭探腦，小若悻悻然說，「今天沒有食物。」

「沒關係，給我一張郵票，我可以吃背面的漿糊。」

「什麼？你也會說話。」小若嚇得跳起來，幾乎要奪門而出，這比泡麵說話還誇張。

「我只跟朋友說話，你沒有欺負我們，就是朋友。」蟑螂將軍一本正經說。當他知道小若的煩惱後問他，「你媽媽看到我們，會用腳踩死我們、用拖鞋打死我們，還是丟到馬桶裡淹死我們？」

小若搖搖頭，「她很怕蟑螂，只會尖叫，絕不會親自動手。」

「那好辦，交給我，只要十隻就夠了嗎？大小不拘？」蟑螂將軍再次確定。

於是，當媽媽晚上進門時，問小若，「蟑螂抓到了嗎？」

小若挪開身體，指指廚房，讓媽媽看料理臺前的米白地磚上，由蟑螂將軍帶頭，躺著一排有大有小的蟑螂，六腳朝天，一動也不動，數了數，剛好十隻。

「媽媽，你要不要檢查一下？其中有美洲蟑螂，還有德國蟑螂。」小若故意拉媽媽的袖子。

媽媽慌慌甩開，輕聲責備，「書不好好念，研究什麼蟑螂？噁心死了，趕快把他們丟掉。」

「丟到哪裡？」

「隨便你，丟馬桶沖掉好了，眼不見為淨。你明天繼續抓蟑螂，只要蟑螂被消滅了，媽媽買大雞排給你吃。」

媽媽回房準備洗澡，小若拍拍胸脯，真是驚險，這些蟑螂裝死裝得真像，迪士尼公司可以請他們拍電影了。

當小若走進廚房，蟑螂將軍和牠的親朋好友們立刻翻身站起，問小若，「怎麼樣？我們演得不錯吧！」

小蟑螂咪咪說，「我也要吃炸雞排。」

將軍夫人則興高采烈問，「明天是不是還要繼續演出？我從小就喜歡演戲，一直找不到機會，這下我一定會得到蟑螂界的奧斯卡女主角獎。」

「可是，萬一我媽媽發現，你們其實並未被消滅，怎麼辦？她很可能會找清潔公司來，到時候我就救不了你們了。」小若擔心這齣戲演不久。

蟑螂將軍畢竟身經百戰、足智多謀，他說，「這樣好了，除了你媽媽驗收你的戰果時，我們會現身。只要你媽媽在家，我們全部躲起來，絕不輕易露面。」

「可是，你的家族兄弟姊妹那麼多，要躲在那兒？」

「不可以說，不可以說，他會出賣我們。」蟑螂緊張大師說。

「小若是我們的朋友，他絕對不會出賣我們。況且，我們是從恐龍時代就活到現在的動物，怕什麼？」

於是，蟑螂將軍跟小若上了一堂「夾縫中求生」的蟑螂學。

「要進化，就是要不斷改變，例如我們的愛好就改變了，以前愛吃糖，人類就用包著糖衣的毒藥誘拐我們，現在我們不吃糖，殺蟑的毒餌就失效了。反正在我們的字典裡，沒有什麼是不能吃的。只要不挑食，遇到大饑荒也不怕。」

小若伸伸舌頭、抓抓頭，他就是太挑食，所以長不胖長不壯也長不高。

「我要跟你們學習，說不定我在班上的表現就會變得更好。」

於是，小若努力的改變跟同學相處的方式，以前他不打籃球、不愛躲避球，現在也拚命跟著跑跳；以前不喜歡電動遊戲，如今也上網搶積分、找寶物。甚至鼓起勇氣跟著同學到河邊陰暗的洞穴探險，這麼一來，他的人緣指數不斷攀升。

可是，雖然他這麼努力，志偉依然暴力，動不動就要欺負他，會是因為他的爸爸暴力，遺傳給他嗎？

他們放學前掃除時，垃圾桶裡跑出一隻蟑螂，正浩大喊，「踩死他，趕快踩死他。」

小若慌忙制止，「這樣殘殺生物，太不人道了。」

志偉卻說，「拜託，正浩這樣算仁慈了。我抓到蟑螂，就包在鋁箔紙裡，放進烤箱烤，其他蟑螂聞到同伴被烤焦的味道，就不敢到我家造反了。」

「好殘忍。」小若搖搖頭。

志偉卻說，「對敵人不能仁慈，否則我們人類就會被蟑螂消滅。」

「我覺得蟑螂很友善，他讓我們知道家裡乾不乾淨、餐廳衛不衛生，是我們自己不愛乾淨，才會招惹蟑螂，怎麼能怪蟑螂呢？」小甘總是在適當的時候幫小若的腔，小若把這份感激放在心裡。

為了蟑螂是益蟲還是害蟲的事，小若耽誤了回家的時間。當他搭電梯上到四樓，聞到一股奇怪的味道，開門就是刺鼻的嗆辣味，他不由得打起噴嚏。

媽媽竟然找來清潔公司，整間屋子噴灑毒藥，滅蟑滅蜘蛛滅蚊子滅壁虎，屋子角落到處都是這些小昆蟲小動物的屍體，只見媽媽用掃把、畚箕掃起這些屍體，倒進馬桶裡，小若看到時，衝過去慘叫，「我的蟑螂，我的蟑螂……」，媽媽已經「嘩！」的按下開關沖掉了。

「這樣才能趕盡殺絕，你那樣一隻隻抓，太沒有效率了。」媽媽以為小若擔心失去「滅蟑」任務，得不到獎賞，安慰他說，「媽媽答應你的大雞排，還是會買給你吃的。」

小若卻賭氣不吃飯，媽媽難得烹調的咖哩雞飯放在料理臺上，由熱轉涼，他雖然飢腸轆轆，肚子餓得叫個不停，卻沒有半點心思進餐。

他坐在廚房磁磚上，哭得好傷心，媽媽真是殘忍，自己不陪伴他、還把愛他的神祕朋友害死了。

突然，蟑螂將軍從他的腳邊冒出頭來，安慰他，「快吃吧！飯冷了不好吃了。」

小若胡亂擦著臉上眼淚，喜出望外的揉揉眼睛，「你……你沒有死掉？你……還活著？」

蟑螂將軍苦笑著說，「別忘掉，我們是打不死的蟑螂。」

「那咪咪呢？緊張大師呢？還有將軍夫人好不好？」

蟑螂將軍強忍住淚水搖搖頭，嘆口氣說，「他們來不及逃脫，都死了。」他背起行囊，跟小若告別，「這裡已經不能住，我要搬到其他地方去。」

小若拿出餅乾要送給他路上當乾糧，蟑螂將軍挺起胸膛拒絕了，「像我這麼厲害，夾縫裡都可以求生。你不用替我擔心，要知道，走舊的路，是看不到新的風景。我可以重新開始，你一定也會結交到新朋友的。我們後會有期。」

蟑螂將軍揮動觸鬚跟他敬禮，搖搖晃晃朝窗臺走去，小若頭一回覺得，蟑螂將軍的背影看起來好淒涼、好悲壯。不過，他相信，蟑螂將軍一定會找到容身之處，重新建立他的家族。

流浪狗零零

哥哥離家以後，媽媽常常找小若說話，盡是說些一個十二歲小孩不太懂的話題，於是小若只好跟媽媽說，「我覺得妳太寂寞了，妳可以去找新的男朋友，我不會反對。」

「我變得愈來愈胖，有誰會喜歡？男人眼睛愛看波霸，卻喜歡追逐比手機還平板的模特兒。」媽媽長長嘆了一口氣。

小若希望媽媽快樂，也希望媽媽不要一直找他訴苦，可是，他認識的人不多，他只好在班上同學裡尋找單親爸爸，或許，可以幫他們湊成對。他的首要目標就是小甘，問她，「妳爸爸媽媽會不會離婚？我覺得

妳爸爸待人很親切，離婚以後，可以考慮跟我媽媽交往。」

小甘氣呼呼的責備他，「你不要亂說話，這好像詛咒我爸媽分手。我跟你說，大人吵架吵好玩的，不需要我為他們操心。不過，我知道正浩的爸爸是單親爸爸。」

剛好經過他們身邊的正浩，抬高下巴說，「你不怕我爸爸搶走你媽媽？我爸爸獨占欲很強，所以我媽媽才受不了他跑掉了。」

小若聳聳肩，「我無所謂，只要我媽媽高興就好。

芋圓從後座伸過頭來說，「新爸爸會虐待你，我表哥的新爸爸就天天逼他早上打工、晚上打工，賺的錢不夠多，就不給他飯吃。」

「我不怕，我可以跟公園的阿旺伯伯學跆拳跟他對打。」小若雖然這麼說，心裡還是怕怕的，等他長高長壯學會跆拳，大概也要好幾年後。

不過，小若回家的路上，還是東張西望，打量住家附近的商家有無適合媽媽交往的對象，小甘見狀，無奈的搖搖頭，「你喜歡的，你媽媽不一定喜歡，而且，我覺得你跟媽媽相依為命也不錯，我還很羨慕你呢。」

這時，路邊傳來一陣陣虛弱的狗叫聲，小若循聲找去，樹幹下的洞穴裡有一窩小狗，擠成一堆取暖，大概是肚子餓了，哀哀叫著。

小若連忙回家跟媽媽商量，讓他收容小狗。媽媽說什麼也不答應。他一直吵一直吵，媽媽都不肯，他只好跟媽媽談條件，「我願意做一百天的家事。」

媽媽哼了一聲，「家事本來就是你在做。」

「那我不要零用錢。」

「零用錢拿來養狗都不夠。」媽媽比他更有理。

小若嘆了一口氣，很少人可以對抗他媽媽，她的意志力太堅強。

天氣愈來愈冷，大家開始冬天進補，擔心小狗命運的小若，每天放學都特地到樹洞打探，狗媽媽大黃乾癟癟的奶頭垂掛在肚腹下方，她已經自身難保，何況是小狗？果然小狗都不見了，是凍死掉了？還是被抓走吃掉了？

這時，小若卻聽到微弱的嗚咽聲，原來在樹洞的最深處，躲著一隻毛色像大黃的土黃小狗，其餘黑色的小狗可能顏色明顯，都被抓走了。

小若心底湧起一股正義感，他一定要保護牠。

他把小狗抱在懷裡，牠沒有掙扎，似乎很喜歡小若溫暖的懷抱。小若拍掉牠身上的灰土，仔細端詳，小狗長得好奇怪，大黃媽媽那麼瘦弱，牠卻像小貓熊圓滾滾、肥嘟嘟的，耳朵也是像米老鼠圓圓的，黃耳朵還滾著黑邊。

他邊走邊絞盡腦汁幫小狗取名字，小黃、小黑邊、米老鼠、圓仔……，好像都不怎麼特別。艾荷花老師說，所有的動物名字都是亞當取的，亞當是男生，所以男生應該很有創意。他也要幫小狗取個有創意的名字。

小狗的耳朵像兩個０，那牠就叫做００。可是，這不像名字，那就取同音字，零零。「零零、零零，加上１，就是１００，零零、零零，加上１，就是天才……，」小若一路念著，零零彷彿聽得懂似的，盯著他一直點頭。

回到家，原本乖巧溫馴的零零卻開始哀哀叫，彷彿認出這個屋子跟牠的樹洞不同，也可能是牠捨不得大黃媽媽。小若連忙泡牛奶給牠喝，零零卻把腳踩進牛奶碗裡，弄得地上到處都是牛奶印漬，小若跟著零零後面擦地，就怕不擦乾淨會引來跟他不熟悉的蟑螂出沒。

眼看著媽媽回來的時間逐漸接近，小若忙把零零帶進他的臥室，指著床底跟零零談條件說，「你就住在床底下，不可以亂叫，否則媽媽發現了，會把你趕出去，你就無家可歸了。」

零零彷彿聽得懂他的話，乖乖爬到床底下，趴在小若幫他用舊毛巾鋪成的床鋪上，蜷縮著身軀，很快就睡著了。

可是半夜裡，小若卻開始不停打噴嚏，全身發癢，癢到無法睡覺。他不敢告訴媽媽，擔心嚇醒零零，牠會亂叫吵到媽媽，或許忍一下到天亮就好了。沒想到，小若連續兩晚不停打噴嚏，而且鼻涕流個不停，媽媽以為他感冒了，連忙帶他看醫生。醫生問他們，「家裡是不是有地毯、窗簾？可能是對灰塵、塵蟎過敏。」

「可是，我家小若以前沒有過敏過，怎麼可能突然發作？」媽媽問醫生。

「是不是你們家養狗養貓？」醫生又問。

媽媽打量小若一眼，似乎猜出端倪。走出診所，媽媽二話不說，趕在小若之前進屋，翻箱倒櫃，終於找出零零。

媽媽用兩隻手指拎著零零，牠嚇得嗚嗚叫，一邊發抖，甚至漏出尿來。小若連忙蹲下去安撫牠，媽媽厲聲喝斥小若，「立刻把狗送掉。」

零零似乎也聽得懂，拚命搖頭、搖尾巴。

小若逮到機會，順勢跟零零說，「那你不能讓我過敏，媽媽就會答應你留下來。」

零零一直點頭。媽媽又好氣又好笑，拍拍零零的頭，「真是怪小孩配上怪小狗。好，媽媽給你三天期限，三天後你還是過敏，小狗就要送走。」

不曉得老天是可憐零零還是小若，小若的過敏竟然不藥而癒，打噴嚏、流鼻水、發癢的症狀完全消失了，小若總算鬆了一口氣。

媽媽隨即跟他約法三章，「你必須教零零在固定地方大小便，否則家裡弄得臭兮兮的，零零照樣要送走。既然你要收養牠，牠就是你的責任。」

小若只好趁上學時請教家裡養過狗的小甘，小甘建議他，「你先在陽臺鋪報紙，報紙上沾些零零之前的尿，零零就會在報紙上尿尿。」

可是，零零不在報紙上尿尿，卻在廁所門口尿了好幾灘，屋子裡充斥著尿騷味。他連忙趁媽媽回家之前把尿擦乾淨，噴上消毒液。

「你看，都是你，我快沒有時間寫測驗卷了。」小若急忙抽出家庭作業，趴在桌上快速寫著，零零不甘寂寞的拚命抓小若的腳，小若只好把牠抱上桌子，零零卻用前腳拍打測驗卷，小若推開牠，「你走開啦！不要煩我。」

可是，才寫了兩題選擇題，小若卻發現零零前腳所指之處正好就是答案，他一題題往下印證，簡直不敢相信，零零會解數學？

他忍不住摸摸他的頭說，「零零，你的智商不是零蛋啊？」

零零揮動兩個大耳朵，彷彿發出嬰兒般的伊啊聲說，「我是天才，我是天才。」

小若掏掏耳朵，他沒有聽錯吧！零零會說話？他望向零零，問他，「你說什麼？」可是，零零卻低下頭趴著睡覺了。

小若剛寫完數學測驗卷，突然傳來媽媽的尖叫，小若衝過去看，媽媽指著抽水馬桶、捏著鼻子說，「臭死了，你怎麼上大號不沖馬桶？快沖掉，到廚房幫忙洗菜。」

媽媽走開後，小若抓著頭，有些納悶，他剛剛才洗刷完廁所，怎麼會……？

這時零零走了過來，搔抓著小若的腳，小若抱起牠，牠掙扎著站上馬桶，四腳跨立馬桶座邊緣，竟然對準馬桶尿尿，「天哪！你會用馬桶？」小若驚呼。

零零點點頭，依舊發出嬰兒般聲音說，「我用馬桶，我用馬桶。」

莫非是零零會用馬桶，所以拒絕在報紙上尿尿？那之前的大號也是牠嗎？太恐怖了，給媽媽知道，肯定會抓狂。

這時媽媽又下第二道聖旨，「小若，你先洗澡，太晚了水壓不夠，水不會熱。你洗完澡再來幫忙。」

小若卻走進廚房，跟正在洗菜的媽媽說，「馬桶裡的大號是零零的，不是我的。」

媽媽頭都沒抬，繼續切肉絲說，「自己衛生習慣差，還賴到零零身上。三天期限已經過了，你不送走牠，我就送走你。」

小若只好走回浴室跟零零商量，「拜託你乖乖用報紙尿尿好不好？馬桶是我們用的。」

零零拚命搖頭說，「我用馬桶，我用馬桶。」然後，默默走到牆角縮成一團，兩個黑邊大耳朵遮住了臉，完全不肯妥協。

「幹麼裝可憐？」小若只好說，「我先去洗澡，你自己想清楚，你如果不聽話，就不能住在我家。」小若展現他是主人的氣勢，順手把報紙鋪在浴室門口。

等小若洗完澡出來，零零卻不在浴室門口，他四處翻找呼喚，連床鋪底下都看過了，都不見零零蹤影。只見大門虛掩著，有條縫，媽媽出門丟垃圾，大門沒有關好，零零一定是跑掉了。

他剛剛不該罵零零，牠乖乖睡床底、幫他解數學、不吵也不鬧，就讓牠用馬桶又會怎麼樣？他不告訴別人，也不會有人知道，而且這樣不是更方便清洗？牠小小年紀離開媽媽，最需要愛與關懷，他卻傷了零零的心，逼得牠離家出走。

小若既傷心又後悔，進門聽說零零出走的媽媽卻說，「走了就走了，這種流浪狗天生就愛流浪。」

「我要零零，他是我的朋友，只有他會聽我說話，分享我的心事。」

「小孩子有什麼心事，我才有心事。」媽媽輕拍他的腦袋，「去寫功課。」

「我的心事是……」他沒有說出「我想要爸爸回來」這句話，媽媽聽了一定會傷心，他不希望媽媽傷心。

小若穿上外套，不顧一切衝出門，沿街叫喊，喊了許久，零零都沒有現身。

接下去的日子，小若每天上學、放學都沿路叫著零零的名字，當他經過便利商店，往小公園方向走時，意外看到經常在附近晃來晃去的流浪漢鬍子叔叔抱著零零坐在木椅上，他倆親熱的依偎著。

小若好嫉妒，才沒幾天，零零就變心了，他宣示主權似的衝過去大聲叫，「零零、零零，我是小若，我來帶你回家。」

零零掙脫鬍子叔叔的懷抱，掙扎下地，又叫又跳，不停抓小若的褲子說，「我要回家，我要回家。」

鬍子叔叔轉身要走，零零卻咬住鬍子叔叔的褲子，拚命往前拽，好似希望鬍子叔叔跟他們一起走。

「他是你的朋友嗎？」小若問零零，零零點點頭。「好吧！他也照顧了你好幾天，我應該謝謝他，煮一碗泡麵請他吃。」

小若帶鬍子叔叔回家後，覺得他身上好臭，好意請他到浴室洗熱水澡，還到媽媽衣櫥裡找到爸爸留下的上衣、長褲，以及夾克送給鬍子叔叔，他穿起來很合身，好像本來就是他的衣服。但是他卻堅持不願意剃鬍子，「這是我的註冊商標。」鬍子叔叔啞著嗓子說。

當鬍子叔叔端著泡麵邊吃邊在客廳逛著，看到小若和媽媽、哥哥的全家福照片，問他，「你沒有爸爸嗎？」

「爸爸？」小若聳聳肩，「他出去旅行了。媽媽說他玩累了就會回家。」

電話這時突然響起，媽媽問小若晚上想吃什麼？他胡亂回答後，掛掉電話，慌忙跟鬍子叔叔說，「我媽媽要回來了，你趕快走。」

零零卻咬著鬍子叔叔的褲管，不讓他走。小若把零零抱起來說，「你讓他走，鬍子叔叔的家在外面。」零零嗚咽著發出悲鳴，不停舔著鬍子叔叔的手。

關上門之後，小若趕忙收拾泡麵碗，又衝到浴室，撿起鬍子叔叔留在地上的髒衣服。未料，零零卻從鬍子叔叔褲子口袋裡咬出一張照片。小若撿起來一看，竟然是媽媽跟爸爸的合照，他曾經在媽媽的相簿裡看過，已經被磨得皺皺的。

難道鬍子叔叔是他爸爸，乘機來探視他和媽媽？怪不得他穿爸爸的衣服好合身，怪不得他不肯剃鬍子，怪不得零零不讓他走。

他開門正要追出去，媽媽剛好走進來，他語無倫次的說，「爸……爸，爸爸……剛剛來過！他就是附近的流浪漢，他有鬍子，所以我們認不出來。」

「不可能！」媽媽尖叫，「你爸爸不可能是流浪漢，那個髒兮兮的瘋子，附近的人都知道他是瘋子，女朋友變心了，甩了他，他就瘋了。」

「可是，他口袋裡有妳跟爸爸

的照片。」

媽媽接過照片一看，嫌髒似的把照片扔在一旁，「他一定是從垃圾堆撿來的照片，想要冒充你爸爸，你小心上當受騙。」

零零卻一直叫一直跳，似乎告訴小若，那個人真的是爸爸，他要趕緊追他回來。

小若不顧媽媽阻止，跟著零零一起快速追出大樓，但是，跑了兩條巷子，都沒有看到鬍子叔叔的身影。他悵然若失的問零零，「鬍子叔叔真的是我爸爸嗎？」

這以後，小若每晚抱著零零，在附近的巷子、公園穿梭，期待遇見鬍子叔叔。可是，鬍子叔叔卻從此失去蹤影。小若漸漸相信媽媽的話，照片是鬍子叔叔撿來的，假裝自己有家庭。因為，鬍子叔叔若是他爸爸，就不會躲起來，一定會跟他相認。

童話電梯

每回賴床時，小若就好希望永遠放寒假，而不是暑假。暑假太熱，媽媽又不准常常開冷氣，寒假卻可以縮在棉被裡睡大頭覺，睡到自然醒。

他為什麼不能想去學校才去呢？當他這麼問媽媽時，媽媽就會說，「那我也想選擇今天不上班、後天才上班，家裡沒有足夠的收入，你連泡麵、滷肉飯都沒有得吃，你說好不好？趕快起床！」

如果有香噴噴的早餐等待他，說不定他起床比較容易。小若伸了伸懶腰說，「我覺得蓉兒好幸福啊！她媽媽買了一臺麵包機，她每天就在

4

各種不同麵包香味當中醒來。」

媽媽用力掀開小若的棉被，「蓉兒就是你們班上那個試管嬰兒？長得像酒釀桂圓麵包的胖女生嗎？你希望像她那麼胖嗎？」

小若翻身坐起，「媽媽，你不可以歧視胖子。我現在這麼瘦，就是因為吃不到媽媽親手做的早餐。」

媽媽舉起手，正要揮向小若的後腦杓，小若翻身坐起，他知道，如果再繼續這個話題，媽媽一定會發飆，趕緊閃進浴室裡。

穿妥衣服，背起書包，小若拿著媽媽放在餐桌上的早餐錢，走出門，望了望停在六樓的電梯，等了幾秒鐘，似乎沒有動靜，他懶得繼續等，連忙從四樓衝下樓。

樓梯口的兩位鄰居——七樓的趙爺爺、二樓的胡媽媽，正在大聲講話，沒注意到小若走樓梯下來，毫無讓路的意思，小若只好提高聲音問，「請問你們在吵架嗎？」艾荷花老師說，每天早晨用吵架開始，一天都不會快樂。」

「小孩子懂什麼，等你搭電梯摔死了，你還快樂個什麼頭。」趙爺爺氣呼呼說，「這個爛電梯，七老八十了，比我還沒用，應該換新的了。」

胡媽媽卻說，「你們住樓上的人比較需要電梯，是你們搭乘的次數太多，電梯才故障。想要我們住二樓的出錢，做夢。」

原來是電梯老舊，早起運動的趙爺爺差點跟著電梯一起落入地下的電梯坑，把他嚇壞了，當時天還沒亮，他按警鈴也沒有人救他，情急之下，只好自己拚了老命爬出來，手腳都磨破了皮。

電梯故障已經不是第一次，經常三更半夜自己上下跳動，或是停止時跟地面高低不合，好幾位鄰居都差點摔跤。尤其是不時發出怪聲，夜晚聽來分外可怕。加上最近大小地震多，好心鄰居在電梯口貼了一張告示，提醒大家進出小心，盡量少搭電梯。

這是附近大樓裡最老的電梯之一，超過三十年，只更換零件已經無法保障安全，必須整座電梯換新，新電梯很貴，要一百多萬。而且，好幾戶都像胡媽媽斤斤計較，不肯出錢。

小若媽媽也覺得有點貴，但是安全不能輕忽，「雖然一家分攤六萬多元，我覺得我們的命更值錢。」所以，她只好耳提面命，提醒小若少搭電梯，平常消費多節省一點。

對小若來說真的沒差，四層樓一口氣就可以跑下來，可是，年長的趙爺爺卻走不動，還有六樓坐輪椅的焦阿姨就更不方便了。

為了安全，小若放學後雖然有點累，還是慢慢走上樓。剛進門，就看到媽媽正把一條彷彿春天般繽紛色彩的絲巾，在頭髮上、頸項間比劃著，媽媽轉過身來問小若，「這是吳老闆從大陸帶回來送我的，你看漂不漂亮？」

小若實話實說，「媽媽，絲巾好像太小了，妳的脖子太粗了。」

「討厭，你怎麼就不會說好聽的話？吳老闆說，配我的白皙皮膚很好看。你說，他是不是喜歡我，所以送我禮物？」

「媽媽，你想太多了，他是怕妳喜歡他，才送妳禮物。」

小若很不喜歡聽到媽媽喜歡誰，或是誰喜歡媽媽，這樣下去，爸爸就沒有機會回來，他要搶救爸爸的地位。

「我好想有人來愛我，因為我已經孤單太久……」媽媽自顧自大聲唱著歌，聽起來聲音有些嗚咽。

小若好怕媽媽又開始哭泣，摀著耳朵跑出去，隨手按了電梯按鈕，想去他的祕密基地——頂樓的電梯間躲避一陣子。

奇怪的是，他明明按的是往上的鍵，電梯卻往下跑，莫非有人比他先按鍵？還是，電梯又故障了？心驚膽跳的等待電梯抵達一樓，電梯卻沒有停下來的意思，直往下墜。這棟大樓沒有地下室，只有機房，電梯會到哪兒去？

小若大驚，他要摔死掉了，忙大喊「救命」，邊緊緊抓住電梯裡的把手，拚命往上跳，希望他不會隨著電梯直接墜地。

就在他的心臟幾乎要跳出口腔，幾乎嚇死時，電梯「空咚咚」連續震動好幾下後，停止下來。顯示樓層的數字竟然出現「0」，他到底到了那兒？小若神魂未定的按一樓的鍵，希望電梯可以趕快升上去。

沒想到，電梯門卻突然開了，電梯外不是黑漆漆的地下機房，而是銀白世界，滿地厚厚的積雪，一陣寒氣直撲他的臉上，彷彿是北極渦旋來到他家大樓。

他好奇的踏出電梯，是誰悄悄在他家地下布置電影場景？不對！前方有一條路，還有一排紅色的小屋子，家家戶戶張燈結綵，好像在過年，街上卻看不到一個行人。

再往前幾步，路燈下有個衣衫襤褸的小女孩，穿著灰色的補釘外套，不停發著抖，她長得好像蓉兒，過胖的身軀把外套撐得變了形，她手裡端著一個草編的盤子，盤子裡躺著一盒盒的火柴。

小若試著叫她，「妳為什麼賣火柴？現在不流行火柴了，只有點生日蛋糕的蠟燭時才會使用，大家都用打火機，不會有人跟你買火柴的，你趕快回家。」

小女孩搖搖頭說，「我不能回家，我不賣完火柴，我爸爸就不給我飯吃，你買我的火柴好嗎？」

漫天飛舞的雪花愈來愈多，小若的視線也漸漸模糊，他猛然想起，這不是安徒生「賣火柴的小女孩」嗎？那麼，這個女孩最後會凍死掉，他不能讓她死掉，急忙衝過去要買火柴，她卻體力不支昏倒了。

他要趕緊撥打一一九，送她掛急診。小若用盡所有力氣把她拚命拉到電梯口，轉身按上樓的電梯鈕，電梯抖了幾下，門正要關上，小女孩卻不見了，冰天雪地也被阻在門外。小若急著要把門按開，電梯卻開始往上升，好像知道他住在那兒似的，一直升到四樓才停下來。

門外是媽媽焦急的臉龐，「你跑到哪兒去了？」

「我……我……我……，」小若來不及反應，結結巴巴說，「電梯……電梯突然掉下去了。」他不敢說自己的遭遇，媽媽一定會罵他神經病、瘋小孩。

他衝進家門，兩手還凍得僵僵的，連忙撥通蓉兒家的電話，邊發抖邊問，「請……請問……李……蓉兒，在不在？」

「你是誰？她正在洗澡。」

「你確定她在家，沒有到丹麥去？」小若繼續問。

「你神經病！」對方「啪」的掛掉電話。

小若拍了拍腦袋，他剛才大概是撞昏了頭，還是今天聽了艾荷花老師說的賣火柴故事，才產生幻想。

他拿著換洗衣物，正要進浴室，右手伸進外套口袋，竟然掏出一盒火柴，他嚇得丟在地上，難道，剛才電梯真的穿越時空，送他到了北歐？

接下來幾天，小若都不敢搭乘電梯，害怕又發生靈異事件。

某晚媽媽煮水餃時，叫小若去便利商店買醬油、麻油當蘸料，小若提著瓶瓶罐罐實在有點重，站在電梯口猶豫不決，剛好七樓的趙爺爺也要搭乘，他心中一樂，有人作伴，應該不會發生什麼怪事吧！

電梯啟動後，小若一直盯著趙爺爺，想要問他上次電梯掉下去，有沒有看到什麼奇怪的東西？

結果小若忘了按四樓的鍵，電梯直奔七樓，趙爺爺出去後，他只好再按四樓。這回電梯很正常，緩緩下降，到了四樓，小若正慶幸什麼事情都沒有發生，突然，電梯加快速度，直往下墜。

有了上次經驗，小若迅速的抓住把手，努力跳躍。果然，電梯停在「0」層樓，這次如果再看到賣火柴的小女孩，他一定不顧一切先把她拉進電梯。

沒想到，電梯門開，眼前卻是青綠的草原，有一根粗大的樹籐擋住他的去路，小若抬頭往上看，樹籐鑽進了雲裡，只見一個穿運動褲的男孩正在往上爬，小若連忙叫住他，「喂！你在做什麼？」

男孩一回頭，嚇壞小若，竟然長得跟同班同學志偉一樣，他以嘲弄的語氣說，「告訴你也沒關係，反正你根本不敢爬上來。因為巨人正在午睡，我要去偷他那隻會生金蛋的雞。」

「傑克與魔豆？」小若立刻聯想到這則童話，艾荷花老師曾經提醒他們不要學傑克，不但忘恩負義，而且喜歡偷東西，於是他連忙制止他，「你不可以當小偷。」

男孩似乎充耳不聞，爬得好快，一眨眼就不見了，隨著樹籐頂端沒入雲霄裡。小若只好也跟著爬上去，說也奇怪，向來不敢爬樹爬牆的他，卻手腳並用爬得很順，愈來愈高，風也愈來愈大，他不由發起抖來，正猶豫不決是否要放棄追逐，只見男孩已經抱著閃閃發光的金雞滑下樹籐，他的上端則是巨人的兩隻肥腳，男孩對著小若大叫，「趕快把樹籐砍斷……」

小若嚴詞拒絕，「不行，巨人摔下來會把我們家大樓壓垮，你把金雞還給他。」

「我有錢了，我爸就不用買彩券，也不會喝醉酒打我媽媽……」男孩哭了起來。

雖然這個男孩很像常常欺負他的志偉，危急之際，小若還是不管三七二十一，用力把男孩拉進電梯，巨人的大手剛要碰到他們，電梯門就關上了，小若喘口氣說「好險！」可是一轉身，男孩卻不見了，難道他被巨人抓走了？他胡亂按著數字鍵，電梯卻很快升到他家的四樓。

他喘著氣把醬油、麻油瓶遞給媽媽，媽媽疑惑的望著他，「趕那麼急做什麼？水餃還沒有熟。」

小若沒有吭聲，伸手到口袋把零錢拿給媽媽，卻在銅板間發現一根閃閃發光的雞毛，他像被燙到似的尖叫一聲，天哪！難道他真的遇到了靈異電梯？

強忍著沒有打電話給志偉，隔天到學校，小若看到志偉真有恍如隔世的感覺，慌忙問他，「你昨天晚上還好吧？你爸爸有沒有對你怎麼樣？」

「打不死的啦！被我跑掉了。」志偉聳聳肩，不以為意。莫非那個男孩不是志偉？

電梯內的童話現象，不斷困擾著小若，他和真實場景之間，到底有何關聯？小若實在想不透。他嘗試著帶小狗「零零」一起搭電梯，一切如常，也就是說，只要電梯裡有別人，即使是他媽媽或零零，電梯都不會發生怪事，彷彿告訴他，這是屬於他們倆之間的祕密。

他忍不住把這怪事告訴小甘，小甘沒有嘲笑他，或是罵他頭殼壞掉了，興致高昂的說，「走，我跟你一起冒險。」可是電梯依然毫無動靜，正常上下，來回上下試了很多次都一樣。

「大概電梯不喜歡女生。」小若反過來安慰小甘。

踏進電梯的五樓許奶奶罵他，「太頑皮了，電梯都被你搞壞了，到時候換電梯要你媽媽多出錢。」

他才知道大樓住戶已經達成協議，請廠商估價，決定換掉舊電梯。小若好著急，彷彿好朋友要離開他了，十分傷心。

小甘語出驚人，「是不是電梯知道他的壽命快要結束，要跟你傳達什麼祕密訊息，可是他不會說話，只好用童話故事暗示你。」

無計可施之餘，小若只好再獨自搭電梯冒一次險。

這回從電梯踏出去，眼前有個大水缸，穿紅T恤的小男孩踩在一塊大石頭上，很想爬進水缸，另外幾個年紀比較大的小孩正在爬樹抓鳥，沒有人注意小男孩的安危。

大水缸裡裝滿了水，小男孩掉進去肯定危險，小若急急大喊，「你們快過來，他要掉進水缸了。」

有個黑衣大男孩說，「缸裡的水很淺，淹不死的。」

說時遲那時快，小男孩果真掉進水缸，小若連忙衝過去，只見有個很像正浩的白衣男孩走過來，手裡拿著大石頭，「讓開，我來把水缸砸破。」

「不行啦！這是我家的傳家寶。」黑衣大男孩阻止他。

趁著他們爭鬧不休，小若搶先爬進水缸，把渾身溼漉漉的小弟弟舉起來，說，「水缸很淺，不需要打破。」

白衣男孩非常生氣，大吼，「你走開，我討厭你，搶走我做英雄的機會，無法在歷史上留名。」

小若這才恍然，這個場景不是很像北宋司馬光打破水缸的故事？

全部小朋友都圍過來指指點點，大聲罵小若多管閒事，拳頭接二連三落到他身上，他傷心的退回電梯，自言自語說，「用智慧救人，為什麼還會挨罵？」

電梯門悄悄闔上，傳來低沉的聲音說，「小若，善良的孩子，好心會有好報的。」

「是誰？是誰在說話？」他左顧右盼。

「我是你的朋友，電梯老大。」電梯咳了幾聲。

小若興奮的拍打四壁，「你終於跟我說話了，我好高興喔。艾荷花老師說，做好事不在乎是否有好報。」

「那你知道另兩則童話故事的意義嗎？」電梯老大問。

「我懂，小女孩賣不完火柴就不敢回家，也沒有飯吃。所以，媽媽即使要我吃泡麵，我也要懂得感恩。」

「答對了！那志偉與魔豆呢？」

「不要羨慕別人擁有好東西，應該靠自己的本事去賺取。」

「對了一半，主要的是提醒你，不屬於你的東西，就不要拿。」

小若跟電梯老大愈聊愈開心，忍不住誇讚他，「你真是博學多聞啊！」

「哪裡哪裡，那是大家在電梯裡聊天時，我偷偷學來的。」

出門太久，有些疲累的小若忍不住打哈欠說，「我要回家了。」

電梯老大緩緩打開門，剛好就停在四樓，「小若，有空再聊天囉，晚安。」小若也跟他揮手說再見。

某個周六，小若起床比較晚，大約接近中午時，傳來轟隆隆的聲音，好像大地震，他整個人嚇得跳起來，仔細聽，才發現是修馬路，他睡得真熟，竟然現在才醒。

梳洗完換好衣服，肚子也餓了，拿著媽媽留給他的午餐錢出門，眼前的景況讓他整個人呆住，電梯已經被木板團團圍住，電梯莫非被拆了？

他來不及穿鞋，赤腳衝向頂樓的電梯間，從上往下張望，電梯老大已被工人一片片拆掉，只剩下空洞的電梯坑，好深好深的洞，好像他被挖空的心。

跟著他衝上樓的零零，咬住他的褲管，拚命將他往外拉。

小若跟著零零一前一後衝出大門外，只見工人正把拆散的電梯老大裝上貨車。他靠過去，拍撫著電梯，不住說，「老大，對不起，我沒有保護你。」

電梯老大喘著氣，抖動了一下，蒼老的聲音飄渺在風中，好像發出「掰……掰……」的聲音，小若這才明白「司馬光打破水缸」的故事，是要告訴他，很多事情是我們無法掌握也無法改變的，我們要學習往前看。

當貨車啟動向前，小若不斷跟電梯老大揮手，「再見了，我的朋友。」

一樓鄰居廖阿姨在小若身後指指點點，「這個四樓的小孩有問題，竟然跟電梯說話。」

小若轉過身，走到廖阿姨面前勇敢的說，「電梯老大為大家服務了三十五年，他那麼辛苦，我們當然要感激他，因為他是我的朋友。」

愛情鳥壞壞與乖乖

小若每次帶小狗零零散步，牠總是不願意乖乖往前走，喜歡東張西望，他試著問零零，「你要找鬍子叔叔嗎？」

零零搖搖頭，像往常一樣發出嬰兒伊啊聲說，「我要回家，我要回家。」

「你煩不煩啊！不帶你出來，你就一直抓門。帶你出來，你又吵著要回家。」小若無奈的嘆口氣，才走出電梯，站在家門口，零零依舊哭喪著臉說，「我要回家，我要回家。」

「你指的不是這個家？你想念你出生的樹洞？」小若似乎有些明

白。

零零終於點點頭，嘴角似乎露出一抹笑意。

星期六上午，小若帶零零回到樹洞，很意外的，牠的媽媽大黃正在附近徘徊，零零立刻靠過去，不在乎大黃渾身髒兮兮，跟大黃舔來舔去，十分親熱，似乎牠對自己的媽媽還有印象。

當大黃跑開之後，零零依依不捨的望著大黃的背影，無奈的跟小若離去。回到家裡，零零開始厭食，不只是對飼料沒興趣，連香噴噴的滷肉飯也不屑一顧，每天只是癡癡的望著大門外的遠方，彷彿得了相思病。

「住在我家不好嗎？」小若把牠抱在懷裡。

零零舔舔小若的臉，無精打采的把頭靠著小若的肩膀，不斷說，

「我要回家，我要回家。」

隔壁正在觀賞電視劇的媽媽忍不住抗議，「吵死了，這隻壞小狗叫什麼，小若，管管牠好不好？」

「牠只是想家。」小若憐惜的撫摸著牠的毛。

「流浪狗就是流浪狗，對牠再好，牠都不懂得感恩圖報，你就放牠走好了。」媽媽毫不同情零零。

小若跟零零對望著，「你會不會覺得我太自私，擔心你走了，沒有人幫我算數學。」

零零點點頭，竟然說出不一樣的話，「我想媽媽，我想媽媽。」

小若被零零感動了，可是又不敢輕率的放牠走，特地請教社區附近的楊動物醫生，楊醫生建議先幫零零結紮，以免牠像大黃一樣生下許多流浪狗。

當零零結紮傷口痊癒，小若按照約定，送牠去樹洞那裡。零零興奮的一直叫，大黃虛弱得走出樹洞，伸了伸懶腰，小若把特地帶來的雞腿送給大黃吃，零零彷彿衛兵般守候大黃，擔心其他流浪狗過來搶食物。

小若眼眶溼溼的，他知道，零零長大了，可以保護媽媽，為了媽媽，即使浪跡天涯，三餐不飽，零零也甘願，因為零零愛媽媽，就像小若始終陪伴媽媽一樣。

零零離開以後，小若又回到過去孤單的日子，沒人跟他說話，寫起數學習題更是無精打采。

突然傳來幾聲尖銳的鳥叫，小若抬起頭看，窗沿站著一隻很像鸚鵡，但是比鸚鵡胖的鳥，藍色身體白色臉，對著小若嘎嘎叫個不停，看樣子，應該不是野鳥，可能是附近鄰居飼養的鳥。

小若靠過去，隔著紗窗問牠，「你迷路了嗎？你家在哪裡？」這隻鳥好像非洲人穿著五彩繽紛的衣服，藍白色之間還夾雜著幾抹黃和紅的羽毛，非常漂亮。說也奇怪，小若靠得這麼近，牠卻沒有飛走的意思，歪著頭打量小若。

突然一陣風，藍鳥打著哆嗦，小若又問，「你要到我家嗎？你進來吧！」

小若試探著拉開紗窗，藍鳥探頭探腦，往小若臥室裡打量，好像警探衝進屋裡抓歹徒之前，先確定屋內是否安全？然後，藍鳥輕輕一躍，跳進屋子裡，站在小若的書堆上，似乎一點都不怕人。

小若用手機拍下藍鳥的身影，拿給鳥店老闆看，鳥老闆立刻說，「這是愛情鳥，通常都是一對飼養的，十分恩愛，相伴一生，只要一隻飛走了，另外那隻會很想念對方，甚至得相思病。牠們共有九種品種，顏色都很鮮豔。眼睛有白眼圈的屬於牡丹，沒有白眼圈是小鸚。你這隻非常漂亮少見喔。」

果然牠們的祖先是從非洲來的，頗有非洲的調調。

小若很好奇，「好不好養呢？要不要花很多錢？」

老闆問了小若關於藍鳥的情況，回答他，「看樣子，牠是別人飼養的，所以不怕你。如果你想收養，我這裡有別人不要的舊籠子，你只要買個鳥巢和少許飼料就可以了。」

每個人流浪都有不同的原因，藍鳥是因為主人太凶，想要逃出魔掌，或是跟牠太太吵架離家出走，還是單純的嚮往自由？

小若回家時，藍鳥停留在衣櫥頂上，高高俯瞰一切，衣櫥邊緣也被牠啄壞了。這才想起鳥老闆的提醒，愛情鳥的鳥喙很大，要不停摩擦，才不會長得過長，影響牠吃飼料，所以才會不斷啄東西。

避免藍鳥繼續闖禍，小若連忙把牠關進鳥籠裡，「這樣你就不會亂咬東西，免得我挨媽媽罵，你就不能住在我家。」

大概是養鳥比養狗輕鬆，吃的飼料不太貴，媽媽很乾脆的答應小若，只是照慣例提醒他，「你要養，就要自己照顧，定期換水、洗鳥籠。天氣熱了，鳥大便很臭的。」

偏偏藍鳥不怎麼配合小若，東咬西咬不停咬，把鳥巢咬得稀爛，他只好忍痛花錢更換為木製巢箱。未料，藍鳥竟把扣住的門咬開了，飛出來到處亂大便。他只好找繩子綁住門，繩子又被咬爛，他改用鐵絲，藍鳥非常生氣，全身的羽毛鼓脹，拚命叫個不停。

「你怎麼脾氣這麼壞？對了，我要叫你壞壞。」意外飛來的壞壞，說不定是脾氣太壞，主人氣得把牠趕出門。

壞壞彷彿抗議似的，拚命撞鳥籠。小若擔心牠撞傷自己，只好放牠出來，把窗子打開跟牠說，「你想去別的地方，要回家，隨便你，你走啊！我不會阻攔你。」

可是，壞壞看看外面的天空變灰暗了，有點猶豫。小若聽說颱風要來，夏天才剛開始耶，真是奇怪的天氣，冬天櫻花開、夏天下雪，還有什麼比這個更奇怪？或許壞壞也知道牠無法抵抗惡劣的天氣，所以乖乖飛回籠子。

這下子，壞壞似乎住定小若家了。

於是，小若跟媽媽商量，「這種鳥，愛情堅貞，又叫做愛情鳥，跟另一半一生一世永不分開，我們乾脆再養一隻，雙雙對對。妳說不定會找到爸爸，或是遇到一個叔叔跟妳永遠不分開，這樣不是很吉利嗎？」

「牠真的叫做愛情鳥？形單影隻的確不太吉利耶！好吧！媽媽投資你再去找一隻配對。」

媽媽果然渴望愛情，立刻投票贊成。

小甘得知小若的計畫，連忙告訴他，「蓉兒家裡有好幾隻愛情鳥，黃的綠的紅的……，她媽媽嫌吵，你可以跟她要一隻，就不用花錢買了。」

鳥老闆說，幫愛情鳥配對，顏色愈接近愈好。可是，蓉兒沒有藍色的愛情鳥，他只好挑選紅臉黃身體的小鸚，說不定可以生出五彩的牡丹。

當壞壞看到黃鳥，性情整個變了，不再撞鳥籠，也不再嘎嘎亂叫，而是主動靠近黃鳥，幫牠整理羽毛，餵牠食物，黃鳥好嬌羞，小若望著牠溫柔的模樣，跟壞壞天壤之別，「好，我就叫你乖乖，希望你們百年好合，多子多孫。」

最近開始學做甜點的媽媽非常欣賞烹飪班的田師傅，說他好厲害，他還是實習學生時，受到五星級飯店老闆賞識，送他到法國藍帶廚藝學校學做甜點，他曾經得過好幾座獎，每一道甜點都好甜好美味。

「他今天帶了一盒蛋糕給我，特地為我做的耶，他說我當班長很辛苦。小若，你說，他是不是偷偷喜歡我？」媽媽的臉紅通通的，跟乖乖一樣。

「妳想得太多吧！」小若善盡兒子的職責，好意提醒媽媽，「妳應該先問他有沒有結婚？免得妳又愛錯人了。」

「他應該沒有結過婚。我已經失去兩個男人，我要好好珍惜這份感情。」

一邊是渴望愛情的媽媽，一邊是恩愛的壞壞與乖乖，小若的心頭一堆問號，愛情不是他這種年紀的小孩可以理解的。

小若還是想為自己爸爸拉票，立刻說，「媽媽，妳怎麼可以輕易放棄希望，我爸爸說不定很快就會回來，如果你要接受田師傅的追求，我就……我就離家出走。」

「出走就出走，你這個壞小孩，沒有良心，媽媽為了你，犧牲了大好青春……。」媽媽說著又要哭了。

既然媽媽不在乎他的感受，他決定離家出走，投奔哥哥，表示他的抗議。

他看了看鳥籠裡的壞壞與乖乖，問壞壞，「我要去我哥家，你要不要一起走？」

沒想到，壞壞竟然像發瘋一般狂叫，「不要去，不要去！」

「噓！」小若嚇壞了，急忙打開鳥籠，摀住壞壞的嘴，「你怎麼會說話？你不要說話，被鄰居聽到，會把你偷去賣給遊樂場。」

壞壞掙扎著鑽出小若的手掌，繼續大叫，「你不要去，你去了會後悔。」

第二天是星期六，小若不用上學，媽媽還在睡覺，他把飼料和水裝滿盒子，然後用布罩住鳥籠，以免壞壞又亂喊亂說話。然後，他按照哥哥留給他的地址，搭公車到哥哥住的地方。

門鈴響了好久，無人應門，小若正想放棄，穿了一條內褲，頭髮亂翹的哥哥開了門，一見是小若，慌忙問他，「你來做什麼？」

「我要投靠你。」小若用力推門想要進去，哥哥卻把他往外推，「你不可以進來。」

「為什麼？你還想繼續睡懶覺？」他不管三七二十一，衝進房間，屋裡散落著啤酒瓶和零食空袋子，實在很髒亂。他正要批評哥哥，卻看到一個女生睡在哥哥床上。

哥哥把他拉到一邊去，「叫你不要進來，偏偏要進來。」

小若結結巴巴說，「我要跟媽媽說，你……你，沒有結婚就跟女生一起睡覺。」

既傷心又失落的小若，想要出走卻無處落腳，只好無奈的回家，進房門掀開鳥籠的布，問壞壞，「你怎麼知道我去了會後悔？」

壞壞啄了幾口鳥食後，仰起頭來說，「愛情鳥最精通愛情八卦。」

小若下午寫數學習題，寫得頭昏腦脹，不由想到零零，出門信步走到樹洞，可是樹洞已經空了。他問住在附近的里長，里長伯也說好久沒有見到大黃，零零果真跟牠媽媽浪跡天涯去了。

小若悻悻然回到家，意外的是，乖乖獨自站在鳥籠的桿子上哭泣，壞壞卻在鳥籠外，站在窗口眺望遠方，似乎滿腹心事。

小若有點不吉祥的預感，沒有責備壞壞怎麼又跑出籠子，先問他，「你怎麼了？」

「我要走了。」壞壞啄啄身上的羽毛說，「我喜歡流浪，所以，我要展開另一趟旅程。」

「你走了，那乖乖怎麼辦？你跟我媽媽都好自私，只想到自己。」小若把壞壞抓回籠子裡，把門鎖上。

未料，一直低頭不語的乖乖突然開口哀求小若，「你讓牠走吧！」

小若大吃一驚，「啊？妳也會說話？」

乖乖的聲音比較溫柔，牠說，「真正關心我們的人，才聽得懂我們說話，你讓壞壞走吧！牠其實不壞，只是大家不懂牠的心，牠著急起來，嗓門比較大。」

小若差點被感動了，卻仍然說，「我想想看。」

趁小若去洗澡，乖乖竟然拚盡全力，幫壞壞弄開鳥籠的門，鳥喙上都是血跡，把壞壞放走了。小若對著窗外的天空大喊，「壞壞，你回來，你不可以丟下乖乖。」

可是，來不及了，黃昏的天空，只有歸巢的鴿子和麻雀們的身影，壞壞早就飛得無影無蹤。

接下去的日子，乖乖每天不吃不喝，最喜歡的洗澡也不愛了，羽毛亂了、眼睛有眼屎，無精打采的縮坐在角落裡，這樣繼續下去，乖乖會死掉的。

於是，小若跟乖乖說，「我再買一隻愛情鳥好不好？我在鳥店看到一隻跟壞壞很像的鳥。」

乖乖幽幽的說，「這個世界上只有一個壞壞，不可能有第二個壞壞。」

真是好痴情喔！媽媽為了感情的事情，也是煩惱到失眠、沒有胃口，無論是人是鳥，似乎都受不了愛情的折磨。

小若好擔心媽媽有個三長兩短，決定不再堅持己見，他跟媽媽說，「妳喜歡誰就跟誰約會，我不要妳像乖乖一樣，得了相思病。」

媽媽嘆了一口氣，「媽媽知道你愛我，雖然你年紀小，可是你說的話媽媽還是聽進去的。我已經考慮清楚，我注定跟烹飪老師田師傅一起開店，他說我很有做甜點的天分。」

「你確定他沒有太太，他會跟你結婚？」

「你放心，他沒有結婚，我只是想先跟他合作看看，不一定會跟他結婚，我不能再失敗第三次了。」

小若鬆了一口氣，還好媽媽沒有愛上他，否則爸爸就沒有機會回來了，他要加緊腳步，趕快找到爸爸。

這時，小若突然聽到乖乖慘叫，他急忙衝進房間，難道是乖乖垂死前的哀號？

乖乖不曉得何時跑出籠子，用力揮動翅膀，羽毛亂飛，瘋了似的狂啄著窗玻璃，想要飛出去。

小若阻止牠，「你那麼虛弱，飛出去，死路一條。」

但是小若還是開了窗，一陣風吹了進來，送來壞壞憔悴的身影。

「壞壞，壞壞……」小若和乖乖一起尖叫，分不清是誰的聲音。

「你回來了？不走了？」

壞壞發現乖乖虛弱不堪，咀嚼著鳥食，餵給乖乖吃，乖乖很快有了精神，跟壞壞又親又吻。

哇！好感人，比愛情電影更感人，小若興奮的說：「我好高興，我真的好高興，比我爸爸回來更高興。不過，你路上是否聽到八卦，我爸爸會不會回來？」

壞壞歪著頭，說了一句很玄的話，「有時候，愛不是想來就會來的。」

這時候，電話響了。最近蓉兒常常打電話問小若功課，她該不會是喜歡他吧？天哪！他要趕緊躲進浴室裡拒接電話。

大風吹，吹什麼？吹我家的門。

這陣子經常有陌生人闖入校園，打破窗戶、留下垃圾，甚至到處塗鴉，為了安全起見，放學後，每間教室的門都會上鎖，至於鑰匙，一把給導師保管，一把給隔天的值日生保管。

未料，當小若的同學早晨陸續到校，卻發現負責保管鑰匙的志偉遲到了，偏巧導師的鑰匙也忘了帶，進不了教室。

正浩立刻說，「不用早自習，太好了。」

小美也附和，「老師要我們背的課文我還沒有背好，進不去就算了。」

可是，準備充分的同學卻紛紛出主意，「幹脆打破窗子，跳窗而入。」或是「把門鎖撬開也可以！」

經常忘記帶鑰匙出門的小若卻說，「幹麼要破壞公物，直接找鎖匠就好了。」

當鎖匠開了門，志偉才姍姍來遲，小甘氣呼呼的質問他，「你是故意的對不對？」

志偉聳聳肩，「怎麼樣？我就是不爽考試，誰像你，把考試當霜淇淋。」

「李志偉，你自私，害我們都沒有時間吃早餐。」史小青也聲援小甘。

「好啦！大家都不要吵了，先坐好，既然沒時間考試，我們一起動動腦，老師問你們，為什麼要有門？」導師總有方法熄滅戰火、轉移焦點。

大家七嘴八舌表示看法：防小偷、防偷窺、要有隱私、畫出勢力範圍……。導師特別分享她曾經遭小偷的經驗，即使事隔多年，她想起來還會害怕，「所以，我們千萬不要當小偷，因為你偷走的不只是他人的財物，還包括他對人的信任與愛心。」

沒想到，門的話題繼續延燒，下午的美術課，艾荷花老師出題，要大家畫「門」。去過愛爾蘭旅行的阿威畫的是都柏林的彩色門，芋圓取材自鄉下阿媽家的豬圈門，李寶貴則是描繪出她夢想已久的阿里巴巴寶庫之門，都贏得艾老師的讚美。

至於小若，他思考許久，悄悄在畫紙上畫了一顆好大的心，心上開了一扇門。下課時艾老師問他心門的意義，他解釋說，「我希望大家都能敞開心門，接納別人的愛與友誼。」

艾老師摸摸他的頭說，「小若，希望你能交到了解你的好朋友。」

晚餐後，媽媽在廚房洗碗，小若正要幫乖乖和壞壞更換墊在鳥籠裡的報紙，門鈴突然響起，他家訪客向來很少，會是誰呢？

小若開門後，只見舅舅紅通通一張臉問，「你媽在嗎？」張嘴就是刺鼻的酒味，他鞋子也沒脫的大剌剌走進屋，亂吼著，「大姊，大……大姊，我要喝茶。」

「要喝茶，先脫鞋，在小若面前你不能這樣沒禮貌。」媽媽在圍裙上擦拭著溼答答的手走過來。

舅舅順手把手中的提袋擱在桌上，繼續大聲嚷嚷，「大姊，這是今天的豬耳朵、牛腱、燒……雞，總共八百五十元，算你八百元就好了。」

「跟你說過好幾遍，我家人少，你可以在攤子上減價賣給客人，不要硬塞給我，我吃不完。況且，你一星期送個好幾回，我……我也吃不起。」

未料，舅舅竟然開始哭泣，「媽媽死得早，爸爸也不管我，我就你一個姊姊，你怎麼可以見死不救？」

這回，輪到媽媽掉眼淚了，「都是媽媽從小寵你，不讓你吃苦，現在好了，做什麼都做不長，開計程車不認得路，把客人載進山裡；賣雞排卻燙傷客人賠了好幾萬；賣仿冒包包被抓進派出所……，是誰幫你收拾爛攤子？你都三十好幾，是個成年人了，也該自己照顧自己吧！我累了，我不想再管你的事。」

小若也大聲捍衛媽媽，「舅舅，你是男生，應該保護我媽媽，她這麼辛苦，你不幫她忙，還要惹她生氣。」

舅舅衝過來要打小若，小若躲回房間，舅舅拚命踢門，不斷罵他，「臭小鬼，有種就給我出來。」

小若先用黑布把鳥籠罩住，以免嚇到乖乖和壞壞，然後打開門說，「拜託舅舅，你不要再踢了，門會痛，你知不知道？」

「笑死人了，幾片破木板，會有什麼感覺？你要他說話抗議啊！你們一起上啊！」舅舅的醉意讓他有些語無倫次。

小若隨口說，「你惹到門，小心門咬你。」

才說完，隨即聽到舅舅慘叫，原來是他抓住門框的手被夾到了，痛得他哇哇叫，「瘋小孩，不知道哪裡撿來的野孩子。」

媽媽擦乾眼淚，站到舅舅和小若中間說，「你少在這裡亂說話，這裡是三百元，你拿去，你的滷味也帶走，我不需要。」

「你以為我是乞丐啊！這點錢連加油都不夠……」舅舅邊說邊接過三百元，又踢了幾腳小若的房門，使勁甩上大門揚長而去，

舅舅終於走了，小若撫摸可憐的大門、臥室門，陸續安慰他們，「對不起喔！我替我舅舅跟你們道歉，他生意不好，所以心情不好。」

被舅舅一鬧，小若比平常晚寫完功課，躺上床，眼前一直出現舅舅的臉，舅舅也很可憐，一事無成，所以才不快樂。他以後不要像舅舅抱怨這個埋怨那個，他要想辦法快樂起來。

小若翻了好幾個身，怎麼也睡不著，今晚好悶熱，他的背也在冒汗，可是，媽媽說，要支持環保，所以家裡只有客廳裝了冷氣。

他爬起床把窗戶、房門打開，未料，突然一陣風把門關上，「碰」的一聲，把剛躺上床的小若嚇了一跳，更嚇人的是，他聽到房門大叫，「痛死了！痛死了！」

他結結巴巴問，「你……你會說話？」

「當然，你會寫『問』這個字嗎？這就是暗藏著門有口的玄機。」房門回答他。

「那……你以前為什麼不說話？」

「只要我們的生命沒有受到威脅，我就不必開口。但是，今天，我被踢得好痛，差點要掛急診，謝謝你保護我。」房門正經八百的說。

「你……你說什麼？你們……你和其他的門都會說話？」

「是的，請你打開門，我介紹他們跟你認識。」

小若跳下床，很快的打開房門，走出去，所有門都圍攏過來，齊聲說，「小若，很高興認識你。」聲音大得震耳欲聾。

「噓！小聲一點，我媽媽會聽到，鄰居會被吵到。」小若嚇壞了，連忙制止。

「你放心，只有我們的朋友才聽得到我們說話。」靠他最近的廚房門說，忍不住咳了幾聲。

「你怎麼了？」小若關心的問。

「我吸了太多油煙，肺不太好，我真擔心得到癌症。」廚房門邊咳邊嘆氣。

「我才慘呢！渾身熏得都是臭氣，尤其是你舅舅，大便好臭。更糟的是，你家浴室沒有窗，我的腳泡在水裡，得了嚴重的皮膚病。」浴室門也跟著吐苦水。

「喂喂喂！你們還說呢！小若媽媽又會打呼又會磨牙，我被吵得快要精神分裂了。」主臥室門也搶著發言。

衣櫥門慢幽幽的說，「你們不要這樣，小若第一次跟我們見面，聽到都是負面的話。雖然我被樟腦丸熏得透不過氣，長期過敏、打噴嚏，即使我很嚮往森林味道的香氛包，我也不會苛求。」

大門冷哼一聲，「你這是變相的抱怨。有誰像我這麼倒楣，經常被開來開去、被打斷睡眠、被送貨員亂敲亂拍，皮膚蒼老了好幾歲。而且，我身負艱鉅任務，不管有沒有人在家，我都要抵擋小偷的突襲。還是小若的房門最幸運。唉！如果可以許願，我希望有生之年不要當門。」

陽臺門被風吹得直晃，唱起哀傷的歌，「我每天風吹日晒雨淋，我變黑變瘦變風溼，我看不到我的未來……喔喔喔。」

小若房門忍不住打圓場，「時間不早了，小若明天要上學，大家各自回到崗位上，下次再聊。」

當小若重新躺上床，他問，「房門哥哥，你們真的不喜歡當門嗎？你們的祖先從哪裡來的呢？」

房門卻發出輕微鼾聲，沒有回答小若的話。

上學的路上，小若提出同樣的問題問博學多聞的小甘，「地球上什麼時候開始有門的？」

小甘想了想說，「我們那天早自習討論為什麼要有門時，我就問過我媽媽，她說，整個地球本來沒有門，只有森林、河流、海洋，一望無際，人類的始祖亞當和夏娃就住在其中的樂園裡。」

「啊？那麼大的地球只有他們兩個人住，那真是超級大豪宅了。」小若驚呼。

「你不要打岔，聽我說。後來，亞當夏娃不聽上帝的話，偷吃可以分辨善惡的水果，結果被趕出樂園，因為上帝擔心他們回到樂園，偷吃另一種可以長生不死的水果，所以派了天使看守這棵生命樹和樂園，那就象徵地球上的第一扇門。」

小若若有所悟說，「所以，門就表示我們不能回到樂園了？那應該把門都拆掉才對。」

「好像很難耶！現在的壞人那麼多，把門拆掉，壞人會跑到我們家，甚至危害我們的生命。」小甘不贊成，「門等於也保護了我們。」

跟小甘分手後，小若獨自坐在路邊行道椅上，望著家家戶戶的大門，幻想著，如果沒有門，就可以從這家走到那家，不需要帶一大串的鑰匙，多輕鬆自在，現在要敲門、按門鈴、關門、鎖門，真麻煩。

當他把自己的想法告訴媽媽，「我想要提倡不關門、廢除門運動。」

媽媽反問他，「為什麼？有門不好嗎？」

「即使有門，也不需要那麼多門，我們只需要一扇大門。你不是說，外婆小時候住在大雜院裡，家家戶戶很少關門，大家都可以自由出入別人的家。」

「唉！」媽媽嘆了口氣，「那種夜不閉戶、路不拾遺的時代，已經是過去式，好像一頁頁的神話，隨著外婆消失了。」

「我還是想試試看，今天晚上不關門睡覺。小甘說的，以前人類住在樂園裡，根本不需要門。」

「不行，我不答應，你少聽小甘胡說八道。萬一小偷闖入怎麼辦？」

小若不以為然，「你不是說，我們家沒有東西可以偷，小偷都比我們有錢。」

於是，他趁媽媽洗澡，悄悄把大門打開。也不過幾分鐘，鄰居按響他家門鈴，問他們是不是門壞掉了？

剛好走出浴室的媽媽問，「小若，你跟誰在說話？」

「沒……沒事，我正要關門。」因為太急著關門，小若被大門咬了一口。好痛，他卻不敢叫出來，氣呼呼的低聲斥責大門，「你為什麼欺負我？你不是我的朋友嗎？」

「你根本不是我們的朋友，我們都要被你滅族了。」大門轟轟作響。

小若擔心吵到媽媽，嘆口氣說，「看樣子，不關門是行不通的，你繼續捍衛我們家吧！」

雖然必須關大門，小若卻決定把屋裡的每扇門打開，包括浴室門、陽臺門、廚房門、臥室門……體會通行無阻的感覺。

夜裡，突然刮起的風，把所有敞開的門吹得乒乒乓乓作響，小若以最快速度跳下床，走進客廳，只聽到大門發出怒吼。

「我抗議，我不要當大門了，保護你們家的重責大任都是我在扛，卻沒有一個人感激我。你們這些門，每天好吃懶作，我卻要時時刻刻提高警覺。」

其他門也不想待在原來的位置，紛紛加入戰局，抗議嗆聲，衣櫥門則擺出哀兵姿態，苦苦哀求，「小若，求求你，幫幫忙。如果是你，一直站在同一個位置，不能移開，多可憐。」

小若聳聳肩，「外面的欒樹、樟樹、榕樹還不是每天站在原地，他們移植後，聽說很多都活不了。」

快要得風溼的陽臺門說，「我們還是住在這個屋子裡，不會活不了啦！只要你同意，可以玩大風吹，我們憑本事搶到自己要做的門。」

「真的嗎？你們全部都同意？」小若十分驚訝這些門喜歡玩大風吹的遊戲。

徵得所有門的同意之後，小若希望順利解決門的抗爭活動，用氣音喊著，「大風吹！」

所有的門異口同聲說，「吹什麼？」

「吹小若家所有的門。」小若喊完，所有的門竟然紋風不動。

「你喊得不對啦！」陽臺門提示他，「你又不是戶長。」

「喔！」小若恍然大悟，媽媽才是一家之主。於是，他從頭又來一遍，然後說，「吹程曼青家所有的門。」

瞬間，屋裡的每扇門開始以最快速度搶位子，快到小若都眼花撩亂。一陣混亂後，終於聽到其中幾扇門發出快樂的笑聲。

浴室門改當主臥室的門，高興的說，「你媽媽臥室裡香香的，我希望永遠不要離開。」

「不行，明天晚上還要玩大風吹，我也要做主臥室門。」只搶到廚房門位置的陽臺門悻悻的說。

主臥室門換成陽臺門，深呼吸好幾口氣說，「終於可以欣賞到外面的風景，太棒了。」

只有小若的房門無動於衷。

小若好奇的問，「你為什麼不想換？是不是搶不過他們，我可以幫你的忙。」

「我喜歡做你的門，你會保護我，你是我的好朋友。」臥室門說。

鬧了半天，小若總算可以上床睡覺。未料，天剛剛亮，小若就聽到有人喊救命，以為是媽媽不舒服，衝進媽媽臥室，媽媽瞇著眼看了看鬧鐘，罵他，「吵什麼吵，我還要睡覺。」翻身又繼續發出鼾聲。

原來是廚房門變成大門後，隔壁小狗來不及下樓，尿在廚房門的腳上，臭氣沖天，他氣得抱怨，「我不要做大門，我要回家。」

其他門也紛紛抱怨，主臥室門被陽臺外的風吹得感冒了，沙啞著嗓子說，「我要看醫生。」

浪漫不了多久的浴室門也求饒說，「你媽媽的打呼聲吵得我耳朵都聾了……」

小若才是被他們吵得頭都要炸掉了，摀起耳朵說，「我不管了，我要上學，沒有時間處理。」他很快的背起書包跑掉。

午餐的時候，小若扒著餐盤裡的飯，卻食不下嚥，小甘關心的問他，「你還在為要不要把門拆掉的事煩惱啊？」

小若卻答非所問，「如果用十根手指吃飯，一定比用一張嘴吃飯要快許多，如果用十根腳趾看書，一定比兩隻眼睛更快的念完書，為什麼不是這樣呢？」

小甘拍拍小若的額頭，「你想得太多了，我媽說的，想不出答案的問題只能問上帝，反正每個器官都有他自己的用途。」

小若興奮的大叫，「謝謝你，小甘，你真是我們班的博士，我明白了，每扇門都有不同的職責，他們必須堅守崗位。」

放學鐘聲剛剛響起，小若來不及跟著班上的路隊走，率先往家裡衝，準備把他的決定鄭重告訴門兄門弟門姊門妹們。

他剛剛走出電梯，廚房門先哭喪著臉求饒，他想念抽油煙機、想念冰箱……，他不要做大門了。陽臺門也說，小若的房門好聒噪，一直跟他說話。主臥室門更是大聲控告，「陽臺好髒，蟑螂屎、蜘蛛網，還有發霉的鞋子……」

每扇門都哀求小若，讓他們回到原來的位置。

小若抬起頭故意拿翹說，「啊呀！才過一天，時間太短，多過幾天你們就習慣了。要不然，再玩一次大風吹，我讓你們去搶自己喜歡的位置，玩到你們滿意為止。」

「不要，不要！拜託，拜託，小若，求求你，我們保證再也不抱怨了。」

這一場大風吹的換門行動，總算風平浪靜。小若覺得，雖然他很需要朋友，可是如果身邊經常出現這樣找麻煩的朋友，真會把他累壞的。不過，他也不能這麼現實，畢竟這些門朋友們，平常還是幫了他很多忙。

就像媽媽，雖然管他很嚴格，要他做很多家事，經常掛在嘴邊都是：「如果哥哥在家……」，好像有小若無小若都沒關係。可是他知道，他少了媽媽，要比少了門更嚴重喔！爸爸為什麼就不知道他比「門」更重要呢！

大風吹，吹什麼？吹我家的門。

白爺爺的千層怪衣

放學排路隊時，正浩嘲笑小若說，「程柏若，你媽媽給你取的名字有問題，你明明很弱，什麼都不會，還叫什麼不弱。」

一旁的小甘立刻還以顏色，「那你聽得懂蟑螂跟你說話嗎？」

小若想要制止小甘洩漏他的祕密，已經來不及，幸好正浩沒有聽出話中玄機，繼續罵個不停，「神經病，你瘋了。大白天你說鬼故事啊！」

「你姊姊不是看了吸血鬼電影，就說她要嫁給吸血鬼了，現在還有誰會怕鬼？」小美也來幫腔。

倒是話題男主角小若趁著大家脣槍舌戰，悄悄快步走開。雖然大家不會相信他天賦異稟，可以跟泡麵、蟑螂對話，但他還是不能說出來，他很擔心這些本領從此就會消失不見。因為泡麵已經不理他了，蟑螂也搬家了，小狗零零更是離他而去……。

為了閃避志偉、正浩的騷擾，小若沒有等候小甘，以最快速度跑過馬路，往回家的路走。

一轉眼瞬間，似乎看到對街路樹旁小狗零零的身影，他愣了一下，揉揉眼睛，心想大概是自己太思念零零而眼花了。可是，很像零零的兩個大耳朵，他不可能認錯。況且，零零旁邊還有那位鬍子叔叔。

小若心裡有一股酸意，零零如果跟大黃媽媽在一起，他還不會吃醋，怎麼偏偏是鬍子叔叔？難道是大黃過世了？他要問問零零。

等不及走到行人穿越道，小若急忙穿越馬路，踏上分隔島，眼看著零零愈跑愈遠，他正要往前衝，冷不防，有人從後面拉住他，「刷！」地一聲，一輛計程車自他面前飛過，只差一秒鐘，他就會被車撞到。

小若嚇出一身冷汗，驚魂甫定，他回頭說謝謝，身後除了一棵樹，看不到半個人，「是誰？是誰拉住我？」他大聲問，卻沒有人回答，又不是農曆七月，是誰裝神弄鬼，讓他渾身起雞皮疙瘩？

畢竟是一場擦身而過的車禍，膽戰心驚的小若晚餐時沒什麼胃口，媽媽忙著實驗她的各種新食譜，無暇顧及他。睡上床，好不容易閉上眼睛，感覺上似夢似醒之間，又被惡夢驚醒。

整晚就這樣睡睡醒醒，好像周遭都是鬼影幢幢，讓尿急的他也只能強憋著不敢去廁所。

上學途中，小甘關心的問他，「昨晚偷打電動啦？你好像還是很想睡覺的樣子。」

小若決定告訴小甘，他昨天差點車禍卻獲救的事。小甘的好奇心比小若強十倍，立刻提議放學後陪他到現場查驗。

他們在分隔島上走來走去，只有一排長得很奇怪的老樹，樹幹掛著牌子——白千層，樹幹歪歪斜斜要倒要倒的，而且樹皮好像晒了過多太陽，一層又一層快要蛻皮脫落了。

小甘歪著頭觀察一會兒說，「你看，白千層的樹枝突出到了馬路，你可能是被樹枝勾到了，誤以為有人拉住你。」

「是嗎？」小若抓抓頭，他明明感覺身後那隻手很有力氣。他繞著白千層的樹幹，仔細打量，「我以前從來沒有注意看這些行道樹，白千層看起來好老，好像是爺爺級的老樹，你看，這邊有一棵還掛點滴呢？沒想到樹木也會生病。」

小甘這時卻說，「你繼續研究吧！我要先回家洗米煮飯。說不定你一個人待在這裡，白千層爺爺會跟你說話，他會告訴你，是誰救了你一命？」

小甘走遠後，小若獨自在分隔島上踱步，對著白千層喃喃自語，「白爺爺，你一定看得最清楚，昨天放學是誰救了我沒被車撞？」

一陣風過，白千層的樹葉晃了晃，帶來些許涼意，但是，白千層並沒有回答他。小若意興闌珊的背起書包，嘆了一口氣，「我想要報恩，都沒有人接受。」

未料，他耳邊突然傳來一陣咳嗽聲，他轉動腦袋，沒有人啊！天哪！還沒有天黑，他就要見鬼了嗎？小若嚇得拔腿就要跑，又是一陣急咳，然後，蒼老的聲音幾乎貼著他的耳朵說，「你——別——走，是——我——救——了——你。」

「你……你是誰？」小若停下腳步，東張西望，似乎有人對著他的臉吹氣，氣息中帶著一股芳香。

「我就是白爺爺，我病了，沒力氣說話。」聲音是從斑駁的樹幹裡發出來的。果然被小甘猜到，白千層會說話。

小若連忙「噓」了一聲，「你小聲一點，被別人聽到你說話，你明天就會被挖走，送到馬戲團裡。」他隨即朝四周打量，下班放學時刻，馬路上都是嘈雜的車聲、喇叭聲，沒有人聽得到白千層說話，他稍微安心了。

「你生的是什麼病？」

「太多了，我一時也說不清楚，幫我們吊點滴的人說，死馬當活馬醫了，這是什麼意思？」

小若聳聳肩，怪自己平常不愛念成語，只好胡亂解釋說，「大概的意思是，即使是死掉的馬，也可以醫好變成活馬。所以放心啦！你一定會好起來的。」

「唉！我以前住在這裡時，空氣清新、鳥語花香，每天早上就有小鳥來跟我道早安，唱歌給我聽……」好不容易有人關心白千層，白千層的話匣子也打開了，「現在，骯髒的空氣讓我的葉子布滿灰塵，像石頭一般硬的土壤害我喝不到足夠的水，到處都是高樓大廈，遮蔽了我心愛的陽光……」

「你好可憐喔！我還以為行道樹都有專人照顧，沒想到你比我還可憐。這樣吧！我明天邀幾個好同學一起來幫你洗澡。」

「這……這怎麼好意思呢？」白千層又咳了幾聲，聽起來真的好嚴重，好像病入膏肓了。

「沒關係，你是我的救命恩人，這一點小事算什麼？拜拜！」小若興奮的衝回家，他第一個就要告訴小甘，請小甘招兵買馬幫白千層大清洗，當然，他不會提起白千層是他救命恩人這件事，免得又被同學嘲笑。

早讀時，小甘迫不及待跟蓉兒、芋圓、史小青提起「洗行道樹」運動，當大家熱心的簽名連署時，沒想到，志偉和正浩卻一搭一唱澆冷水說，「是不是程柏若出的怪點子？真是瘋子一堆。」

「對啊！對啊！程柏若想爸爸想瘋了，蓉兒說他會跟鳥說話，我還不信，他現在大概又跟樹說話了，才知道行道樹想洗澡。你以為你誰啊？哈利波特。」

「你不想幫忙就算了，幹麼嘲笑小若？」史小青扠著腰，瞪大眼睛望著正浩，「你還是先幫自己洗澡吧！每天都是渾身汗臭來學校，噁心死了。」

正浩被說到痛處，只好抓抓頭、摸摸鼻子回到座位上。

可是，志偉卻不放棄破壞行動，只要知道誰簽名參加「洗行道樹」活動，就放話說，「這是違法行為，小心你們被抓喔！白千層這麼脆弱，洗破樹皮你們會被罰錢喔！」

結果，周六上午到分隔島集合的人，只剩下小甘、史小青、蓉兒，讓他們意外的是，美術老師艾荷花特別帶了幾瓶礦泉水給他們打氣，「不要洩氣，來！老師幫你們拍幾張照片，放到臉書上，說不定會有更多人共襄盛舉。」

小甘出面跟附近洗衣店接了水，小若和小甘一組，提著水桶，頭一個就是幫白千層爺爺洗澡，小心翼翼的清洗一片片沾滿灰塵的樹皮，史小青和蓉兒一組，則是幫另一棵比較矮的白千層擦乾淨樹葉。

看起來簡單的事情，做起來卻很辛苦，尤其是白千層大都比較高大，樹葉小，又長在比較高的地方，必須用梯子才能搆得到。

「小若，如果要爬梯子，會不會太危險？蓉兒身體虛弱，萬一跌傷了，她爸爸很凶的。」

這時候，志偉卻突然現身，假心假意的說，「你們需要幫忙嗎？最簡單的方法就是把醜兮兮的樹皮全部撕掉，就不必洗得這麼辛苦了。撕掉撕掉，全部撕掉！」他學著歌手唱歌，邊扭動屁股，邊動手撕扯白千層一層層的老樹皮。

小若隱約聽到白爺爺呻吟，急忙衝過去推開志偉說，「你太沒有同情心了，你知不知道白千層會痛？你怎麼可以欺負這些帶給我們氧氣的行道樹？他是我們的朋友耶！」

「對嘛！你走開啦！不幫忙就算了，還故意搗蛋。」小甘也過來捍衛白千層。

志偉自討沒趣，眼見有幾位路人過來圍觀，匆忙跑開。

當太陽愈來愈大，蓉兒臉色愈形蒼白，小若只好宣布，「今天到此為止吧！我們已經洗好兩棵白千層，成績不錯啦！我們明天再來幫他們洗澎澎。」

未料，隔天蓉兒因為中暑病倒了，史小青回奶奶家，周日上午只剩小甘挺小若到底，勉強洗完一棵白千層，小甘說，「我覺得這樣很沒有效率，應該請灑水車來噴噴水，可能更快。」

「那不如乾脆禱告求老天爺下雨比較快。唉！是我太天真了，以為大家都像我一樣關心行道樹。」小若覺得有點累，肚子也餓了。

小甘剛離開，白爺爺連忙跟小若說，「你的好意我心領了。小狗在我腳下尿尿，有人在我身上釘釘子、裝監視器，這些我都習慣了，一點灰塵沒關係的。」

「不行，艾荷花老師說的，做事情要有始有終。」小若決定堅持到底。

「我們的祖先住在澳洲，當地天氣炎熱乾旱，經常有森林大火，所以我們長出一層又一層的皮，保護底下的真皮層，當別的樹都被燒死了，我們還活得好好的。因此剝掉一些樹皮，真的沒有關係。」白爺爺辛苦解釋。

小若抓抓腦袋，「真不好意思，我們幾乎天天經過你們身旁，卻一點不認識你們，謝謝你讓我上了一課。」

雖然不必再幫白爺爺他們洗澡，但是小若卻常常去探望白爺爺，聽他說故事，甚至好奇的數算他樹幹上的皮到底有多少層？再來猜他的年齡。

他還沒算出正確數目，就聽說颱風即將過境，小若放學時特別繞過去關切白千層，沒想到竟然有人把機車拴在樹幹上，還用粗鍊子纏繞樹幹。他很焦急的攔住機車騎士，「叔叔，你這樣做，會把白千層弄痛的。」

「拜託，一棵樹有什麼了不起，我的機車被風吹走你賠啊！」機車騎士不以為然。

「叔叔，你可以把機車綁在騎樓的柱子上，比較安全，萬一白千層被颱風吹倒下來，你的機車才不會一起遭殃呢！你看，這棵樹都已經傾斜了。」

小若擋在樹前，堅持不讓機車騎士傷到白爺爺，機車騎士罵了他一句，「神經病！」只好無奈的把車牽走。

他不只是捍衛白爺爺，也在颱風過後的第一時間，趕到分隔島，跟小甘和附近店家的老闆，一起扶正歪斜的白千層。

幾天後，颱風留下的髒亂清除完畢，街道恢復往昔的乾淨，白爺爺跟小若說，「明天晚上，我們白千層、樟樹、欒樹、小葉欖仁……，要開派對，請你來參加，不過，只有你一個人可以參加。」

小若實在很好奇，行道樹也會開派對，那是什麼樣的派對？夜晚十點鐘，小若趁媽媽洗澡，悄悄溜出家門，來到白爺爺所在地，這條街靠近學校，放學後幾乎很少行人，這時更是不見一個人影。

微弱的路燈光中，小若發現，除了白千層，還來了不少其他的路樹，原來這是「行道樹感恩派對」，邀請附近的友善鄰居參加，接受他們的表揚。

應邀的除了小若，還有一隻大黃狗，以及一位戴著帽子、穿著厚夾克的怪叔叔，白爺爺說，「大黃狗喝止到我們腳邊尿尿的其他狗們，帽子大哥則是幫忙趕走剝我們皮的壞小孩。」

小若打量帽子叔叔幾眼，昏暗的路燈光下，他豎起的夾克領子內隱約露出下巴的鬍鬚，他難道是鬍子叔叔？他聽得懂零零說話，也聽得懂白爺爺說話，一定是他爸爸，才會把這種跟動植物交談的特異功能遺傳給小若，是這樣嗎？

小若興奮的衝過去，抓住帽子叔叔問，「你是不是我的爸爸？」帽子叔叔卻一閃身不見人影。小若向白爺爺打聽他的身分，白爺爺只說，「他是帽子大哥，他喜歡戴帽子。」問不出所以然。

之後，小若雖然常常去找白爺爺聊天，卻再也沒有見到帽子叔叔。如果真的是他爸爸，一定會主動跟他相認，除非不是他爸爸？

平靜的日子過不了多久，附近一塊空地突然豎起巨幅的廣告牌，興建當地最高的豪宅，因為打算購屋置產的大人物經過，嫌棄蒼老的白千層有礙觀瞻，好像豪宅門口站了一排排衣衫襤褸的乞丐，強烈要求建設公司把白千層砍掉。

小若聽媽媽說，里長是服務里民的，他鼓起勇氣哀求里長，「你要保護白千層，他們比我們在這裡住得更久，他可以抵抗廢氣，幫助我們很多，我們不可以背叛他們。」

里長卻反過來勸他，「小弟弟，白千層真的很醜，不但掉皮，樹幹長著腫瘤，而且他的花粉造成很多人過敏，還是搬走算了。到時候我們會改種更漂亮的大樹。」

無論是移植或遷走，小若知道，很多樹木因為適應不良就死了，這次他一定要想辦法。

小若無計可施，跑去跟艾荷花老師求救，艾老師說，「上次我在臉書上貼了你們幫白千層洗澡的照片，很多人按讚，我看啊！你可以自己在臉書上寫白千層的故事，配上照片，喚起大家的注意，說不定可以留住白千層。」

可是，他的作文這麼爛，又要從何下筆？他突然想起前不久到他們學校演講的作家說過，「即使是簡單的文字，只要發自內心，就是最動人的篇章。」

於是，他假設自己就是白千層，模擬白千層心裡的想法，每天寫一段文字，然後用手機拍攝白爺爺的樹幹、枝椏、樹葉、樹皮……的特寫，貼在臉書上，希望可以得到共鳴。

為什麼有錢人可以決定樹的命運？——我不想搬家。

我沒有皮膚病——白千層的心聲。
我的心好痛——當朋友離開了我。
大家都是好朋友——樟樹、欒樹、小葉欖仁……一起聲援。

小若一篇篇發布，剛開始只有少少的「讚」，漸漸的，有人轉分享出去，按「讚」的人愈來愈多。有些人甚至跑來幫白千層拍照，繼續發出留下白千層的呼籲。學生家長經過白千層，都會停下車拍照。

因為太多人關注，甚至人跡稀少的夜晚，也有好奇的情侶或是慢跑的人過來拍照、打卡，吵得白爺爺無法睡覺，連續幾晚失眠了。

經過報紙、電視的報導，大家更是紛紛到此一遊。這群白千層終於在社會輿論下留了下來，小若卻失去跟白爺爺獨處的談心時刻，白千層身邊無時無刻都圍繞著一群湊熱鬧的人。

又是一個颱風即將登陸時刻，街上行人稀少，小若特地去看白爺爺，白爺爺深深的嘆了一口氣說，「小若啊！我快受不了了，這種沒有一分鐘安靜的生活，簡直比把我砍掉更可怕，我好想恢復過去無人聞問的日子。」

小若於是在臉書寫著，「如果你們愛我，請還給我安靜清淨——白千層說再見。」

他特地在放學後，守在白爺爺樹下，跟所有到此一遊的人說，「請你們離開，請不要拍照，請還給白千層自由的空氣。」

當看熱鬧的人三三兩兩離開後，小若也決定跟白千層爺爺告別，「對不起，白爺爺，我不會再來打攪你的生活了。」他低著頭走開。

這時，他突然又看到小狗零零的身影從眼前竄過去，他邊呼喚零零邊穿越馬路，卻不小心被石塊絆了一跤，這次，白爺爺沒有伸手拉住他，他的膝蓋破了皮，流出血來。

他回過頭去，仰起臉望著高大的白千層們，依稀間，他隱約聽到白爺爺嘆了一口氣，這也是他最後一次聽到白爺爺的嘆氣。

他似乎有些明白，所有動植物都想追逐屬於自己的生活，零零也是如此，所以才離開他。

那爸爸呢？他也是很想過流浪的生活嗎？如果再遇見鬍子叔叔，是不是不要再繼續追問他是不是爸爸呢？說不定他是別人的爸爸，這個世界上，有另一個小孩跟他一樣在尋找爸爸、思念爸爸。只是，為什麼有這麼多爸爸不回家？

公園裡的雙胞胎

星期六早上九點鐘，小若還在夢中，媽媽就叫他起床，「走！陪媽媽去買菜，我需要有人提菜。」

小若翻身繼續睡，媽媽拍了拍他的頭，「起床啦！超市已經開門了。」

聽說是去超級市場，小若這才伸了懶腰，起床刷牙。因為媽媽平常都是到傳統市場，又髒又亂而且好臭，超級市場的物品雖然比較貴，但是有冷氣，各種蔬菜、水果、食品整齊排列，標示了名字，還有試吃的食物，簡直就是不花錢的遊樂場。

媽媽準備滷豬腳，要他幫忙找醬油區，他抬起頭問，「是不是哥哥要回來吃飯？」媽媽點點頭，從貨架上拿起一大瓶的特價醬油放進購物籃。

小若立刻阻止，「媽媽，老師說的，不要貪小便宜，下一次哥哥回家不知道是什麼時候，很可能醬油壞掉了，他也沒有回來。」

「你幹麼說這些，你嫉妒啊！媽媽可沒少你一餐飯。去，去比比看，哪一種葡萄比較便宜？」

好不容易買完菜，經過社區小公園，媽媽遇見老朋友，魏阿姨恨不得讓全公園的人都知道似的，大聲問，「小若的媽啊！聽說妳跟烹飪老師快要結婚了？女人再婚要小心一點，不要再受騙了，妳還有多少青春可以消耗啊！」

「對對對……」小若插嘴說，「所以媽媽應該等爸爸回來，還是爸爸比較好。」

媽媽又拍了小若的頭一下，「哎呀！你這個小孩真討厭，沒叫你說話，不要亂說話，你去那邊溜滑梯好了，媽媽要走再叫你。」

小若繞了半天，看到一對阿姨叔叔在吵架，他想起前兩天小甘說她爸媽終於要離婚的事，「我媽說她計畫等我畢業後搬到國外，展開新生活。大家都說，女生要跟媽媽住，比較幸福快樂。可是，我想跟爸爸住，而且，我也捨不得班上的同學。」

「妳不是說那些同學很討厭？」小若問，他當然也捨不得小甘，懂得他的人只有小甘啊！

小甘聳聳肩，「又不是每個人都討厭，你啊！芋圓啊！小美啊！史小青……還有艾荷花老師，我都很喜歡。不過，你不要誤會，我不是把你當男生，我是拿你當朋友。」

他是朋友？那小甘就不應該出國，這根本就是拋棄。

他們再過幾個月就要畢業，離小甘出國愈來愈近，小若不由得感傷起來。他站在滑梯頂端，靜靜打量在公園不同角落的人們。

公園左邊有位阿姨怡然自得的踩踏簡便健身器，兩位伯伯在石桌上的棋盤下象棋，兩三位繞著公園騎腳踏車的小小孩，以及一大群輪椅族、嬰兒車族。照顧這些病人、嬰兒的，幾乎都是外勞。

小若數了數，包括拎著菜籃的外勞、遛狗的外勞，外勞人數真多。媽媽說的沒錯，大家太依賴外勞，到時候大家都會失去生活能力。他好慶幸自己是媽媽帶大的，這證明媽媽還是愛他的。

輪椅族大都是老人家，中風的、行動不便的、衰老的……，只有一個例外，比小若的哥哥大不了幾歲。外勞們坐在樹蔭下閒聊，交換彼此的經驗，小若才知道，這位大哥哥車禍受傷後，從此不會言語，每天都是眼神呆滯的半張著嘴流口水。

照顧大哥哥的外勞瑪利亞說，「好可憐，這麼年輕，騎重機車摔成這樣。」

陪伴中風爺爺的外勞露西說，「對啊！這位爺爺，老了才中風，至少活了很多年，比較不吃虧。」

小若覺得他們的論點很奇怪，好像老人家生病是應該的，年輕人受傷就很可憐。

推著嬰兒車的有些是媽媽、有些是外勞，其中一對雙胞胎，由名叫麗莎的外勞照顧。奇怪的是，嬰兒車裡的雙胞胎不斷揮舞雙手，好像音樂老師指揮合唱團。

小若悄悄溜下滑梯，靠近雙胞胎，兩個人都穿粉紅色的衣服，看不出來誰是姊姊？誰是妹妹？保母麗莎忙著跟別人說，「這兩個可寶貝呢！她們爸媽花了好多錢才生下她們，所以姊姊叫珍寶寶，妹妹叫燕寶寶。」

小若跟她們眨眼睛，她們也眨眼睛，小若做鬼臉，她們就笑個不停。小若覺得很有意思，走過去摸其中一個的臉，突然，小嬰兒生氣的說，「真討厭，每個人都摸我、捏我，痛死了。」

小若嚇了一大跳，嬰兒會說話？那是電影裡才有的情節。幸好，小嬰兒不知道他聽得懂她們說話。

另一個嬰兒笑得很開心的說，「燕寶寶，誰要妳長得比較可愛？活該。」

小若東張西望，沒有人注意他們，也沒有人聽到嬰兒說話，於是，他故意逗她們，捏了捏幸災樂禍的珍寶寶的臉頰。

珍寶寶大吃一驚，氣得狂叫，「救命啊！有人欺負我啊！我的臉破皮了，我好痛好痛啊！」

這回換燕寶寶譏笑她，「現在該我說妳活該了，誰要妳欺負我。妳再哭，麗莎就會帶我們回家了。」

珍寶寶說，「好啦！我以後不笑妳了。我告訴妳一個祕密，那個下象棋的爺爺有口臭，我剛剛經過他身邊，快要昏倒了。」

「嘻嘻，另一個爺爺很愛放屁，每次他放屁，就故意看著別人說，誰在放屁？誰在放屁？是不是大人都會這樣假裝，我不要做大人。」燕寶寶觀察更仔細。

小若則在一旁愈聽愈有意思，原來，嬰兒也有語言的，只是她們咿咿啊啊的，大家聽不懂。

這時，媽媽過來找他，問他，「怎麼一個人笑得那麼開心？」

他顧左右而言他的跟媽媽說，「妳以後老了，我也要推輪椅帶妳到公園來。」

媽媽拍了拍他的腦袋，「呸呸呸！亂說話，我又不會癱瘓，幹麼坐輪椅。」

「妳不知道，這樣才幸福啊！別人都是外勞推輪椅，妳是兒子幫妳推輪椅。」

「唉呀！不跟你說了，你這個孩子真的有點怪。唉呀！糟糕，豬腳要解凍了。」媽媽拎起超市的紙袋，催著小若回家。

沒想到，哥哥竟然帶了女朋友回家，媽媽興奮的要哥哥趕快上桌，還要小若幫忙端菜、拿碗筷，「柏懷，你坐著，你難得回來，你弟平常做習慣了，能幹的呢！」

菜肴一一端上桌，不斷冒著香氣，小若嚥著口水，正準備開動，哥哥突然說，「媽，我要結婚了。」

「什……什麼？」媽媽張大嘴，「跟誰結婚？」

哥哥指指身旁的女朋友，「就是她，詩函，我喜歡她，她也喜歡我。而且，她已經懷孕了。」

「我才第一次見她，你就要娶她？原來你吵著搬出去，是為了別的女人，枉費我對你那麼好，你卻一點也不愛媽媽！」媽媽氣得回房間。

哥哥覺得自討沒趣，也不想吃飯了，走到媽媽房門口大聲說，「我準備公證結婚，到時候妳要不要來，隨便妳，反正我也成年了，我走了。」

哥哥摸摸小若的頭，「這個家靠你了。這桌菜也靠你了。拜！」

聽到身後的關門聲，小若顧不得跟哥哥再見，迅速的把香噴噴的豬腳夾進自己碗裡，大快朵頤。

小若覺得媽媽好可憐，她為了哥哥要回來，辛苦一整天，結果卻是一場空。

想到這裡，小若嘴裡的豬腳似乎也失去了好滋味。

小甘爸媽已經辦妥離婚，她也確定要跟媽媽去美國，展開新生活，即將舉行的畢業旅行等於是跟小甘難得的相處時光，所以，小若為了博得媽媽好感，他每天做家事，認真寫功課，這樣媽媽心情好了，才願意幫他報名繳費參加。

可是繳費期限到了，小若催了好幾次，媽媽卻說，「家裡沒有錢，你不能去畢業旅行了。」

「為什麼？為什麼？」小若一聲比一聲大，「媽媽，妳怎麼可以騙我？妳會食言而肥喔！」

「不是我騙你，是田師傅騙了我。」媽媽無奈的嘆口氣，「我還以為我這次找對男人了，結果還是被騙。」

原來，田師傅做甜點出名後，藉口要開設分店，請小若媽媽負責分店，就這樣騙走媽媽的積蓄，欠下一堆貨款跑掉了。

媽媽欲哭無淚，只能怪自己命苦。小若安慰媽媽說，「媽媽不是命苦，媽媽是太想要得到愛情，所以被別人抓到弱點。妳為什麼要找別的男生做丈夫，找爸爸回來就好了。」

「是你爸爸不要我們，拋棄我們，他是個大壞蛋。」

不管誰對誰錯，小若都無法參加畢業旅行了。更氣人的是，同學旅行回來，不斷誇耀旅行中的趣事，志偉還故意在小若面前說，「我們是環島旅行耶，你這顆土豆，永遠只能做井底的青蛙。」

正浩也說，「我們還到花蓮外海看鯨魚噴水，我看你只有資格看水族館的孔雀魚游泳了。」

無論小甘買了多少土產、伴手禮送給小若，都無法彌補他心裡的遺憾。他賭氣似的說，「你不是我的朋友，好朋友不會拋棄好朋友，我不想跟你說話了。」

他不想搭理任何人，獨自往公園走去，自從他遇見會說話的雙胞胎珍寶寶、燕寶寶之後，跟她們相處帶來的樂趣，是唯一可以忘記小甘即將離去的沮喪難受。

這天，雙胞胎聊著關於「母奶」的話題。

當麗莎用奶瓶餵珍寶寶時，珍寶寶哭鬧著說，「我要喝母奶，我要喝母奶。」不時把嘴裡的奶吐出來。

燕寶寶不以為然，「媽媽要上班，我們白天只能喝牛奶，妳當姊姊，怎麼可以這麼挑剔？」

小若聽得聚精會神，沒想到，中風的爺爺也加入聊天陣容，他的聲音好宏亮，好像將軍發號施令，他責備雙胞胎說，「你們是人在福中不知福，什麼奶不奶的，我小小年紀離開家鄉，根本沒有喝過母奶，我喝米湯。」

「米湯？什麼是米湯？好好玩啊！米湯，聽起來就很有趣。」珍寶寶說，「我要跟你換。」

「唉！真是乳臭未乾，什麼都不懂，不跟你們說了。」中風爺爺垂下頭，繼續陷入沉思中。

小若終於忍不住說，「你們都比我幸福一百倍，為什麼還抱怨？你們都有爸爸，我卻沒有見過爸爸。」

珍寶寶嚇得發抖，「好可怕，他聽得到我們說話，你是誰？」

「我是小若，你們可以叫我小若哥哥，我聽過蟑螂、泡麵、電梯、小狗……說話，所以，我也聽得到你們說話。」

燕寶寶嚇得大哭，「好噁心啊！他聽得懂蟑螂說話，前幾天蟑螂飛過我的小床，還故意用腳抓我的臉。」

麗莎停止聊天，衝過來問，「喂！你做什麼？你怎麼把她們嚇哭了啊！」她一把推開小若。

「誰嚇誰啊？」小若盯著雙胞胎扮鬼臉，「她們才嚇人。」

燕寶寶哭得更大聲，「小若哥哥要出賣我們了，怎麼辦？」

珍寶寶畢竟是姊姊，比較鎮靜，她張大眼睛跟小若說，「你不要告訴別人，我們會說話，我就告訴你更多祕密。我看到麗莎保母偷我媽媽的項鍊。」

「真的？你們親眼看到。」小若又問了一句。

珍寶寶點點頭說，「是真的，麗莎打電話跟她朋友說，只要再多拿幾樣寶貝，她就要離開我們家了。」

小若望著雙胞胎，猛然想到，媽媽認識雙胞胎的媽媽，他只要把祕密告訴媽媽，就可以阻止麗莎偷東西。可是，媽媽又怎麼會相信他的話呢？

這時，車禍受傷而昏睡的大哥哥突然呼喚他說，「小若，你看，我身體變得好輕，我變成一隻鳥飛到樹上了。你看，做一隻鳥好幸福，我喜歡做鳥，如果我是鳥，大卡車撞到我的時候，我就可以展翅高飛。飛啊！飛啊！」

大哥哥愈飛愈高，小若大叫，「你們快來救大哥哥，他飛到樹上去了。」

珍寶寶卻拉住小若的衣服說，「你說錯了，大哥哥在地上！」原來，坐在輪椅上的大哥哥昏倒了，摔在地上，大家急忙打一一九電話，叫救護車。

一團混亂中，麗莎已經悄悄帶雙胞胎回家，小若無計可施，猶豫一個下午，只好打電話向小甘求助。

小甘並沒有嘲笑他怎麼又來找她了，反而很夠意思的說，「那簡單，交給我，你負責跟你媽媽要到雙胞胎媽媽的電話號碼，我明天跟你到公園會合。」

在公園見了面，小若很擔心麗莎保母沒有帶雙胞胎來，幸好等了一會兒，她們終於出現了，小若緊張的發抖，指著她們說，「就是她……

她們。」好像做壞事的是他。

「你放自然一點，像平常一樣打招呼、說話，我們靜觀其變。」

原來，小甘已經事先打電話給雙胞胎媽媽，提到他們無意間聽到麗莎偷東西的事情，小甘低聲說，「我擔心雙胞胎媽媽說我是小孩子，不相信我的話，我就跟她說，我們在公園監督麗莎，她先回家檢查，如果確有其事，她可以到公園來找我們。」

小若趁麗莎又去找朋友聊天，悄悄問珍寶寶，「麗莎阿姨還有沒有偷東西？」

燕寶寶搶先說，「有啊！媽媽洗澡時，她偷拿媽媽的結婚戒指。」

「她太過分了。」小若最討厭不勞而獲的小偷，就跟考試作弊一樣。還好，他不用生氣太久，就看到雙胞胎爸媽、里長伯，還有警察一起出現了。他連忙躲到小甘身後，不曉得事情會如何發展？

被揪出來的麗莎漲紅臉說，「我沒有，我沒有偷東西。」

里長伯說，「麗莎，張先生、張太太已經在你房間找到他們遺失的項鍊、耳環、鈔票，你不要否認了，跟警察走吧！」

望著一行人走遠，里長太太好奇的問小若，「你怎麼知道麗莎偷東西？」

小若望望小甘，有些結巴的說，「我……我偷聽到她跟朋友說的。公園裡是沒有祕密的！」

「我去美國以後，你可以跟我說公園裡的故事，這樣你就不會無聊了。」小甘建議小若。

「算了，都是我沒有志氣，忘了我自己說過不跟你說話的。除非你不去美國，否則我一定要努力忘記你。」小若頭也不回往回家的路走。

誰知道，小甘尚未去美國，公園裡已經發生極大變化。

中風爺爺首先告訴他壞消息，「我的保母要回菲律賓，我只好去安養院住了，你以後不要像我，大魚大肉吃太多，導致中風。再見了，小朋友。」

「你不要走嘛！」小若拉著他滿是皺紋和老人斑的手。「大哥哥走了，你也要走了，為什麼大家都要離開我？」

「我也不喜歡住在安養院，裡面都是老人，我喜歡看到小朋友。可是，沒辦法，安養院比較便宜。」中風爺爺流下眼淚。

公園裡又少了一臺輪椅，也少了中風爺爺爽朗的笑聲，或許對別人沒什麼影響，因為他們聽不到中風爺爺說話，可是，小若卻難過得獨自在公園哭了好久。

隔了一周，雙胞胎珍寶寶、燕寶寶也在公園裡出現了，推著嬰兒車的是她們的漂亮媽媽，大家擁過來跟她招呼，「張太太，你要請育嬰假自己照顧孩子啊？」

「我想得太簡單，照顧兩個小貝比沒有那麼容易，我決定把珍寶寶送去外婆家，燕寶寶送去奶奶家。」

「那多可憐啊！把雙胞胎拆開來。」大家七嘴八舌出主意。

珍寶寶揮舞著手說，「小若哥哥，你跟我媽媽說，我們保證不哭不鬧不吵架，拜託不要把我們分開。」

小若只敢小聲說，「張媽媽，珍寶寶、燕寶寶是我的朋友，請妳不要把她們帶走，她們不要去奶奶、外婆家，只想跟媽媽在一起。」

「我也不想啊！她們那麼可愛，我好不容易生下她們……，可是沒辦法啊！」張媽媽邊說邊離開公園。

珍寶寶、燕寶寶不斷揮手，踢著腳大哭，可是，她們畢竟還小，沒有能力決定自己的未來，不知過了多久，耳邊依稀傳來雙胞胎的哭聲，小若發現自己的腳都站麻了。

如果生下來就是為了分離，小若寧願自己沒有出生過，那實在太傷心了，為什麼他都不能留住朋友？

霸凌霸凌！請離開我。

進了國中以後，小若的世界變得不一樣，校園變大了，同學變多了。只是昔日的小學同學各分東西，沒有一個跟他同一班。他只能尋找新朋友，建立新的關係。悽慘的是，班導師羅林規定他們，必須努力記住同學的姓名、愛好，小若覺得好累喔！

可是，班導說，「這樣可以訓練你們的記憶力，同時，加深同學間彼此的了解，才不會國中畢業，有些同學都沒有說過話。下星期老師要測驗，記住愈多同學姓名的，老師會給獎品。」

小若四處張望，前後左右似乎都沒有他想說話的人，於是他舉手問

老師，「我可不可以用畫的？」

「用畫的當然可以，可是，你還是要寫出同學的姓名。」班導說。

小若嘆了一口氣，國中生活似乎沒有想像中那麼有趣，尤其是小甘去美國後，遇到難題也不曉得要問誰。

下課時，小若剛進廁所，就被潑了一身水，只見坐在教室最後一排有雙濃眉的男生手裡正拎著水桶。

小若氣憤的問他，「你為什麼潑我水？」

「你愛現喔！老師要我們寫名字，你偏要用畫的，你什麼意思？你明明知道我最討厭畫圖。」說著，他又繼續潑水。

小若瞪著他，不想跟他吵，從小就是「好好先生」的他，很討厭吵架這件事。

濃眉男生擱下水桶，雙手環胸，抬起下巴說，「我叫做馮致遠，我最喜歡欺負小動物，有本事你去告我啊！」

小若沒料到是在這種情況之下，認識了第一個同學。

他身邊來來去去好多人，卻沒有人停下腳步伸張正義、替他抱不平，只是瞄了一眼，就匆匆走開，似乎怕惹事上身。

他只好低下頭，默默走進廁所，心想，只要不理他就好了。

結果，小若的忍氣吞聲，卻換來馮致遠更多的騷擾。

放學時，離開校門不遠，馮致遠追上來用力拉扯小若的書包，粗聲粗氣說，「喂！程柏若，你聽好了，因為你今天得罪我，你明天要帶伍佰元給我，作為補償。」

小若抬起頭來，疑惑的問，「我沒有欠你錢，為什麼要給你錢？」

「因為我沒有錢花啊！不找你要，找誰要？看你一副欠揍的樣子。」

小若早就聽過老師說，只要給這些霸凌同學甜頭，以後就沒完沒了，於是，他勇敢的搖搖頭說，「我媽媽賺錢很辛苦，你找錯人了。」

「什麼？你敢反抗我？隨便你，不帶錢來，就給我揍五百拳，你自己選擇。」

五百拳？那他非死即傷，肯定吐血好幾盆。他要報告導師。但是，馮致遠似乎猜得到他的心意，走沒幾步又回頭惡狠狠說，「你敢告訴老師，我就讓你的右手永遠不能畫畫。」

小若嚇壞了，他要向誰求援呢？小甘遠在美國，艾荷花老師在小學任教，遠水救不了近火，蓉兒去念私立學校，史小青有一堆新朋友，根本沒空理他。

所謂好朋友，要禁得起時空考驗，畢業後短短兩個月，什麼都變了。他真衰，想要擁有一個好朋友都不可得。

小若愈想愈不開心，非常不開心，獨自坐在公園椅子上哭泣，他好想念小甘，甚至覺得，即使志偉、正浩常常欺負他，至少不會像馮致遠這麼惡劣。

這時，他突然覺得小腿癢癢的，低頭一看，是一隻棕色小狗正在舔他，牠的後方站著一隻黑得發亮的狗，瞧牠的一對圓耳朵，該不會是失散已久的零零吧？他不由驚呼，「零零，零零，是你嗎？」

黑狗點點頭，發出他熟悉的嬰兒伊呀聲音說，「我是零零，我是零零。」

小若高興得抱起零零，問他，「這隻小狗是你的小孩嗎？」

零零搖搖頭。小若拍了一下腦袋，他已經帶零零去結紮了，牠怎麼會懷孕？

「是你的兄弟姊妹嗎？」

零零點點頭，接著發出伊呀聲，「帶牠回家，帶牠回家。」

「你要我收容牠？」小若想了想，家裡飼養的動物都不在了，媽媽也忙，他也很孤單，或許可以重新收養小狗，於是他說，「牠不會說話，你會說話，你也要一起回來。」

零零歪著頭，好像正在思考，然後點點頭。

小若把零零放下來，抱起走路不穩的棕色小狗說，「你的毛色像秋天的落葉，我就叫你『秋天』好不好？」

他邊往家裡走，邊問著零零跟他分手以後發生的事情，好像他們又回到過往相伴的時光，校園裡的霸凌陰影，他很快就拋到腦後，思索著要給「秋天」什麼食物？

進門時，小若問零零，「鬍子叔叔還好嗎？」

零零嗚咽著說，「他要回家，他要回家。」

唉！小若嘆了一口氣，流浪這麼久，鬍子叔叔還是沒有找到自己的家，莫非是跟他爸爸一樣，不愛回家？

小若走到巷口，看到他家的燈光已經亮起，今天媽媽提早回來了，他抱著秋天，身後跟著零零，一下子帶回兩隻狗，媽媽是否會氣得抓狂？

剛剛推開門，就聽到媽媽大叫一聲，嚇得秋天一直發抖，小若連忙安撫懷裡的秋天，正要跟媽媽解釋原委，「我……我……」

媽媽卻說，「小若，我們轉運了，我才拿到管家訓練的結業證書，就有人聘請我，加上我過去就有管家經驗，他們答應給我一個月四萬元薪水，四萬元啊！而且星期天放假，如果我的表現好，還有年終獎金。你想，我的表現怎麼會不好？媽媽買了廣式三寶飯，快來趁熱吃，我們很久沒有吃好料理了。」

「可是，媽媽，秋天還有零零……」小若擔心媽媽高興過度，沒注意到他帶回來的小狗。

「沒關係，沒關係，貓來窮、狗來富，我終於熬出頭了。小若，」媽媽摸摸他的頭，「你說的沒錯，什麼塞翁失馬的，果然會有不同的福氣。媽媽特准你養小狗，免得我工作晚回家，沒有人陪伴你。」

小若蹲下來對零零說，「你真是個福氣小狗，等一下我們一起享用三寶飯。我還要把這個好消息告訴小甘。」

隔天到學校後，小若又聽到另一個好消息，他的圖畫讓美術老師讚不絕口，特別鼓勵他參加全校的美術比賽，如果得到冠軍，他就可以代表學校參加全市的比賽。

小若覺得這是一項榮譽，卻也怕馮致遠又找他算帳，從來不曾感到這麼大的壓力。放學後，他搭車去找艾荷花老師，想請教她怎麼辦。

他按了許久門鈴，卻沒人回應，他想，會不會是艾荷花老師約會去了？他剛剛走出巷口，卻看到艾老師跟一個男生手牽手走在一起，他正打算呼喚艾老師，猛然發現那個有點年紀的男生竟然是小甘的爸爸。

他連忙閃身躲在牆壁後面，還好，小甘爸爸走到樓下就離開了，小若走過去叫了一聲，「艾老師。」

艾荷花嚇了一跳，見是小若，下意識回頭張望，確定小甘爸爸已經離開了。小若卻毫不遮掩的說，「老師，我已經看到小甘爸爸了。」

「你找老師有什麼事嗎？來來來，到老師家裡說話。」艾老師似乎不想被鄰居聽到，領小若上了樓。

大門才關上，小若迫不及待就問，「老師，小甘爸爸是你男朋友？是你害他們離婚的？」

艾荷花倒了一杯柳橙汁給小若說，「其實，她爸爸是我的初戀情人，我沒有告訴任何人。」

「是他媽媽橫刀奪愛嗎？」小若胡亂猜測，「如果你跟小甘爸爸結婚，說不定小甘就會回到臺灣。」

艾荷花搖搖頭，「不可能的，我們只是朋友。不說我的事了，你過得好嗎？你看起來好像有心事。」

小若聳聳肩，「我很想念小甘，如果她在，別人就不會欺負我。不過，我如果得了畫圖比賽冠軍，在學校走路有風，可能就比較沒有人會欺負我。」

艾荷花特別指導小若參加比賽時的注意事項，同時，拿了兩本關於霸凌的書給他，「如果情況太嚴重，你還是要讓媽媽或導師知道，這樣可以保護你。沒有人有權力欺負別人，人跟人之間沒有了愛，那是多可怕的一件事。」

小若仔細研讀艾荷花送給他的霸凌書，書上說，小時候不處理霸凌，長大以後情況會更糟糕，所以，絕不可以息事寧人，一定要勇敢的舉發。可是，小若只要看到馮致遠，就涼了半截，能躲就躲，可不想在美術比賽之前就被他打斷手。

然而，對以整人為樂的馮致遠來說，他絕不會輕易放過小若。一天放學時，小若幫媽媽拿回修改的衣服，經過比較偏僻的巷道，未料，馮致遠突然跳出來，擋住他的路。

「你要經過我，就要交出買路錢。」馮致遠緊握雙拳，凶巴巴的說。小若卻聽到另一個比較小的聲音說，「爸爸每次對媽媽這麼凶，媽媽就會乖乖拿出私房錢，這招一定有用。」

小若竟然可以聽到馮致遠的內心話，脫口而出，「你爸爸欺負你媽媽，所以你就欺負我，對不對？」

「你說什麼？你怎麼知道我家的事？是誰告訴你的？」馮致遠的拳頭貼在小若的臉頰前，然而，他的心裡卻說，「誰要媽媽跟爸爸頂嘴，女生就該聽男生的話。」

小若鼓起勇氣接著說，「你爸爸大概沒有聽過周杰倫的歌，聽媽媽的話，你和你爸爸都該聽媽媽的話。」

馮致遠愈聽愈生氣，「程柏若，你找死。」隨即他的拳頭就像咚咚咚的鼓聲，迅速落在小若的臉頰、胸口上，小若下意識用手保護頭部，卻聽到馮致遠心裡帶著哭腔說：

「你為什麼不還手？你為什麼不還手？你會像我媽媽一樣被我爸爸打死的啊！我不要媽媽死掉啊！」

小若氣如游絲的說，「你媽媽不在了，你不可以把氣出在我身上。」

馮致遠突然停下拳頭，惡狠狠的問他，「你怎麼知道我媽媽的事？」

小若已經不支倒地，身旁圍過來一些看熱鬧的人，關心的問，「你們發生什麼事？」

馮致遠只好胡亂謅著，「他偷我的錢，他是小偷。」

小若卻聽到周遭這些圍觀的人心裡的聲音——

「這種壞小孩，打死算了。」

「我要趕快走開，不要管閒事，免得惹禍上身。」

「叫警察來，把他關起來，關到死。」

小若覺得好可怕，這些人不分青紅皂白都希望他死掉，卻不想伸手幫助他，他摀起耳朵不想聽，呻吟著，「好吵啊！我受不了了，誰來救我？」

就在他要昏過去之前，他依稀聽到馮致遠心裡不停說，「你為什麼不抵抗？你為什麼不逃避？你會被打死啊！」小若覺得馮致遠好可憐，他一定很想媽媽……，然後，他就昏過去了。

小若醒來，已經躺在醫院的急診室裡，頭上包裹著紗布，全身到處都在痛，媽媽坐在床邊焦急的望著他，喃喃自語著，「小若，你不能死啊！你死了，媽媽就是一個人了，你哥哥又不要我了……」

「媽媽……」小若虛弱的發出聲音。

「小若，你終於醒了。到底怎麼回事？你怎麼躺在地上，全身是傷？要不是我剛好去找你，你不知道要躺在那裡多久呢？幸好有個女生幫忙叫救護車……」

小若這才記起馮致遠說他是小偷的事，還好他們沒有叫警察來。如果他說出真相，馮致遠可能會被記過，受處罰，他爸爸那麼凶，說不定也會打死他，他太可憐了，他不能供出他的名字。況且，供出馮致遠，小若也可能被打得更凶，然後被丟在河裡都沒人知道。

於是，他跟媽媽說，「我不認識那個人，他要搶我手裡的錢……」。只是，這麼一來，是否會像霸凌的書上說的，「縱容會讓霸凌變本加厲……」，他管不了那麼多了，這時候，他只想好好睡一覺，他好累啊！

請了三天病假，小若臉上的傷口不那麼嚴重了，他重又回到學校，走到校門口，忍不住東張西望，擔心又遇見馮致遠。

順利且平安的到了教室，他往後一望，馮致遠的座位是空的，他鬆了一口氣，只要班導羅林先進教室，他就多了一層保障。

跟小若比較熟悉的同學小敏過來問他，「程柏若，聽你媽媽說你被陌生人揍了？你的命很大喔！換了我，不被打死也會嚇死。」

小若擔心馮致遠隨時會進教室，連忙阻止小敏繼續說下去，「我不想回憶那麼可怕的事情了。」隨即趴在桌上休息。

迷糊間，他聽到同學議論紛紛，聲音好吵，好像還提到馮致遠的姓名，他連忙抬起頭來，只聽到長得胖嘟嘟的哈哈熊說，「昨天晚上，馮致遠被人修理了，聽說很嚴重，整個臉腫得像個豬頭，鼻子也歪了……。太棒了，這是報應，誰要他欺負我。」

「他怎麼欺負你？」小若問。

「他住我家隔壁棟大樓，他經常躲在我家外面嚇我，我就被他絆倒兩次，還摔斷一顆門牙。而且他還跟我要錢……」哈哈熊說。

「你怎麼都沒有說？他也勒索我呢！」小敏也附和。

原來班上好幾位同學都吃過馮致遠的悶虧與暗算，可是因為大家隱忍不說，結果讓他不斷得逞。班導知道這事以後，早自習時特別提醒大家，「以後再發生類似事情，一定要告訴老師……」

哈哈熊說，「老師，可是你也打不過他，他學過跆拳道……」

「老師有責任保護你們，如果第一個被霸凌的同學先說出來，是否其他同學就不會遭到霸凌了？馮致遠同學已經答應以後不會再欺負同學，所以，他回來上課時，大家還是要彼此友善啊！」

第一堂課就是班導的課，上課鈴剛剛響，班導就已經走進教室，跟大家報告，「等一下有轉學生來，大家要好好照顧她。我看，程柏若旁邊剛好有空位，就讓她坐在你旁邊。」

「老師，他是女生還是男生？」小敏幫小若問了他想知道的答案。

哈哈熊悄悄說，「我剛剛到辦公室看到那個女生了，聽說很凶悍，嗯！跟馮致遠有的拚喔！」

「啊？那我不要跟她坐……」小若一緊張就舉手說，「老師，我要上廁所！」

當小若從廁所回來，轉學女生正在跟全班同學自我介紹。

「我的名字是李恬欣，我媽媽叫我小甜甜，我覺得甜的左半邊是舌頭，很噁心，所以我決定叫自己『小甘』，甘心樂意的甘，心甘情願的甘，也是甜的意思，歡迎大家叫我『小甘』。」

躲在教室外面的小若聽到這裡，以火箭發射般速度衝進去，大叫，

「小甘，你回國了！」站在講臺上的果然是他十分想念的小甘，她怎麼回來了？這下子有人罩他了，即使馮致遠恢復昔日的凶悍，他也不怕了。

小甘聳聳肩膀，跟他笑了笑，全班同學都回過頭來看著小若，小若抓抓頭，不好意思的說，「李恬欣，小甘是我小學同學。」

小若一反剛剛的沮喪，好高興導師把小甘的座位排在他旁邊，他塞滿一肚子的話要跟小甘說，整節課都心不在焉，好不容易等到下課鈴響，他一口氣丟出許多問題，「你怎麼回來了？你回來多久？你媽媽呢？她會不會很難過？你跟誰住在一起……」

小甘卻伸出食指擱在嘴脣上，「放學時我再跟你說。」

可是，小若怎麼忍受得了，每節課下課他都問一遍，直到他發現小甘臉上浮漾著憂愁，短短三個月，她變得不像以前那麼無憂無慮。到底發生什麼事了？

終於等到放學，一走出校門，小若就問，「你趕快說吧！你不會再離開我了吧！」

小甘眼中閃著淚光，嘆了一口氣說，「我媽媽要跟別人結婚了，那個新爸爸滿臉都是鬍子，又喜歡親我臉，好刺好刺喔，而且他每次都好用力抱我，抱得好痛，他身上還有一股好像洋蔥咖哩的怪味道。我很不喜歡他，我不要他做我爸爸，我就每天哭每天吵每天在屋子裡跺腳，但是，我媽媽根本不理我。後來我就使出絕食絕招，連續五天不肯吃飯，媽媽最後只好投降，送我回來。我現在跟我爸爸一起住，父女相依為命，我爸爸終於屬於我一個人了，我真的好高興啊！」

小若吞嚥著口水，不敢告訴她，她的爸爸可能會跟艾荷花老師重修舊好，然後變成她的新媽媽，她能接受嗎？

敏感的小甘轉過臉來問，「你怎麼不說話了？你是不是有什麼事情瞞著我？」

小若只好背起書包一直跑一直跑，慶幸小甘聽不到他心裡的話……

霸凌霸凌！請離開我。

賣豬血糕的男人

小若覺得很納悶，當他周圍充滿霸凌、負面、消極的人，小甘卻與眾不同。她的爸媽離婚，媽媽很快的再婚，她雖然難過，卻沒有自怨自艾，或是覺得被拋棄，反而慶幸自己可以回到爸爸身邊。

小若以為她是裝出來的，特別問她，「妳真的不氣妳媽媽嗎？」

「對啊！雖然我不喜歡那個說英文的外國爸爸，可是我媽媽每天看到他，都笑得好開心，只要我媽高興就好。」

「可是，妳以後很難見到妳媽媽了。」小若想起自己的爸爸，只能想念卻不能見面。

「沒關係，我媽媽說我隨時可以去美國看她，她也永遠是我的媽媽。」小甘聳聳肩，「我以後多一個家可以去住了，不也很好嗎？」

馮致遠卻嘲笑小甘，「妳爸爸快被別的女生拐走了，妳啊！就會被送給別人領養，成為孤兒，哈哈！妳就沒人要了，看妳還神氣多久？」

放學時，小甘一反平常的聒噪，變得很安靜，小若猜測跟馮致遠說的話有關，為免自己說錯話，讓小甘起疑，不敢吭聲。

小甘卻主動問他，「你覺得馮致遠說的話有幾分真實性？」

「我……我不曉得。」小若有些心虛，不由結巴起來，往後退縮。

小甘回過身來，提高聲浪，「你……你口吃？你有事瞞著我？你知道我爸爸交女朋友的事？」

小若嘆了一口氣，雙肩用力一沉，彷彿要卸下肩上重擔，乾脆豁出去說，「是的，而且那個女生妳也認識。」

「我不想猜了，你就直接告訴我吧！」小甘坐在路邊的行人椅上，等著小若揭開謎底。

小若把他從艾荷花老師那兒聽來的故事，簡單告訴小甘，末後，他補充一句，「如果妳反對他們在一起，如果妳不喜歡艾老師做妳的新媽媽，我……我會跟妳站在同一邊，再也不理艾老師。」

「小若！」小甘突然大叫一聲，眼眶含著淚，站起身握著小若的手說，「你真是我的好朋友，我永遠會記得你對我的好。我要回家了，再見。」

跟小甘分手後，小若越想越不安，連忙打手機給艾荷花老師。

艾老師立刻說，「事不宜遲，你先趕去小甘家，我來通知她爸爸。」

小若聽了，渾身起雞皮疙瘩，小甘……不會有事吧？她那麼樂觀的人，不會想不開吧！

當他趕到小甘的家，她爸爸和艾老師已經先到了，小甘竟然把自己反鎖在房間裡。

小甘爸爸輕輕拍著門說，「小甘，爸爸愛妳，爸爸會永遠照顧妳，不會離開妳的。」

「媽媽不要我，爸爸也不要我，你們都只在乎自己，根本不在乎我。」小甘在門後說，聽得出來她哭過，原來她把不悅都隱藏起來了。

艾荷花老師則提高聲音喊著，「小甘，開門，有什麼問題我們當面說，我保證不會搶走你爸爸的。」

小若也說出自己的心聲，「小甘，我只有妳一個好朋友，我永遠挺妳，永遠站在妳這邊。」

話聲甫落，「啊咿！」一聲，小甘的房門打開了，眼睛、鼻子都是紅通通的，她哽咽著說，「你們都是說真話，都沒有騙我？」大家一起點頭。

小甘竟然破涕為笑，緊緊摟住爸爸，親了親他的臉頰，接著，她又緊緊抱住艾荷花老師，然後說，「我知道你們真的很愛我，願意為了我，放棄自己的愛，我很感動，所以，我答應你們在一起。不過，我有一個條件，如果你們結婚，我要當花童。」

「哪有這麼大隻的花童？」小若糗她。

「那當伴娘也可以。」

小甘跟爸爸、艾荷花老師三個人抱在一起，就像是一家人，這畫面讓小若好感動，他不想打攪他們，輕輕的轉身離開。

小甘如願當上小伴娘，而小若也應邀擔任小伴郎，小甘不斷嫌棄他，「哪有伴郎比伴娘還要矮的？」

小若抬起頭說，「妳不要嘲笑我，有一天，我會長得比妳高很多很多。」

「要不然，你怎麼保護我？」

「都是你保護我，我幹麼保護你？」小若覺得升上國中以後，小甘說話就有些怪怪的。

「如果要我保護，那你放學的時候，為什麼都跑得那麼快？」

「我……我沒有啊！我只是想多運動，可以長高長壯。」為免小甘東問西問，他連忙岔開話題，「妳知道吃什麼東西最營養？」

「那就不要挑食，什麼都吃，例如豬血糕……」小甘指指校門口對面騎樓下的推車，「好大一根，鋪滿花生粉，卡路里也高。況且又很便宜，我請你吃好不好？」

小若作勢要嘔，「豬血多噁心，讓我想到吸血鬼。至於花生粉，老師說有黃麴毒素。芫荽雖然很香，如果沒洗乾淨，就會有寄生蟲，等於把一堆毒吃進去，怎麼會對身體好？」

小甘不以為然，「如果有毒，為什麼大街小巷都在賣，那不是滿地都是死人，他們這些賣豬血糕的殺人凶手都該抓起來關進監牢裡。」

戴著鴨舌帽和口罩的豬血糕叔叔聽到他倆的聊天，就問小若，「小弟弟，那你喜歡吃什麼零食呢？」

小若歪著頭想了想，「我喜歡吃雞蛋糕，不是小雞蛋糕，是大雞蛋糕喔，很長很長一條的，烤起來香噴噴、摸起來熱呼呼，我在東區的騎樓下看到，我媽媽買給我吃過，我到現在還忘不了。」

過沒幾天的放學時刻，小甘興奮的追上小若，氣喘吁吁的跟他說，「你趕快過馬路，大……大雞蛋糕出現了。」

當小若接過香甜的大雞蛋糕，急忙咬了一口，差點被燙到了，「哇！真好吃，好感動啊！我真是幸福啊！」

一個大雞蛋糕二十元，六個一百元，小若買來跟小甘對分，「以前都是妳請我客，這次換我請妳。」

邊走邊吃著雞蛋糕，小甘問小若，「你會不會覺得賣豬血糕的叔叔很奇怪，他為什麼突然改賣雞蛋糕了？」

「啊？他是豬血糕叔叔？我怎麼都沒有注意到？」小若快速吃完最後一口雞蛋糕，差點噎到。

「他雖然換了一頂帽子，我卻覺得就是他。」

「大概是他從善如流，接受我的建議啊！你看他生意不是變得比較好？如果真的是豬血糕叔叔，那他也太強了，說換就換，手藝高超。」

為了證實小甘的觀察，過沒幾天，小若買大雞蛋糕時，有意無意跟小甘說，「我已經吃膩了雞蛋糕，如果可以吃到車輪餅也不錯。我喜歡真正的奶油，從裡面流出來，好濃的奶香，外面的餅皮乾乾脆脆的，不是溼溼軟軟的那種。」

小甘也在一旁幫腔，「他啊！發育中的小孩，嘴巴特別饞。」

沒想到，隔了一周，大雞蛋糕的攤子旁邊出現另一輛手推車，賣的就是香香脆脆的車輪餅，小若問小甘說，「妳猜，到底誰是豬血糕叔叔？」

「我看啊！比較麻煩的是，你只要說你喜歡吃什麼，就會出現什麼，實在太詭異了。」聰明的小甘也糊塗了。

小若卻不信邪，隨口又說，「我很懷念雙胞胎，小時候跟媽媽住在市場樓上的小房間，樓下的一位阿伯賣油炸的雙胞胎，他說喜歡雙雙對對，就像爸爸媽媽、哥哥姊姊……。」

果不其然，隔不多久，小若遠遠望見騎樓下的小吃攤又多了一家，

除了雞蛋糕、車輪餅，小油鍋裡，則是翻滾的雙胞胎。

他覺得好奇怪，到底誰是豬血糕叔叔？只有帽子不同，口罩一樣，連身材高矮胖瘦都差不多，為什麼要跟他玩捉迷藏？

小甘曾經提醒他，「我聽荷花阿姨說過，一個人的容貌可以改變，可是他的眼神不會變。」

於是，他的目光在三個攤販之間游移，雞蛋糕叔叔的眼神很溫暖、車輪餅叔叔的眼神很明亮、雙胞胎叔叔的眼神卻充滿笑意，他忍不住跟小甘說，「不管誰是豬血糕叔叔，我覺得這些叔叔都很厲害，可以做那麼多好吃的食物，不像我媽媽，煮什麼料理都是千篇一律的味道。」

突然，雞蛋糕叔叔說話了，「這位小弟弟，不可以這樣批評媽媽，媽媽願意煮給你吃，就應該感激她。」

「可是，她煮給我哥哥吃的料理就很美味，偏偏我哥哥離家出走了，從此我就吃不到好吃的東西。」

「你放心，你哥哥很快就會回家了。」車輪餅叔叔說。

「啊？你怎麼知道？」

「每個男人離家久了，都會想念媽媽的味道。」這次換雙胞胎叔叔說話了。

「可是，為什麼我爸爸離家以後，都不會想念我媽媽的味道。」小若忍不住溼了眼眶。

「或許，他喜歡流浪，就像我一樣。」雞蛋糕叔叔說。

這時，小甘跟小若使使眼色，「走了啦！太晚回家，你媽媽又要嘮叨你了。」

走了一段距離後，小若急急問小甘，「到底怎麼回事？」

「我覺得雞蛋糕叔叔最像豬血糕叔叔。」

「那又怎麼樣？這有什麼意義？他又不是我爸爸。我爸爸比較帥，沒有人比得上他，我好想好想我爸爸，從來沒有這麼想念過。」

當天晚上，電視新聞報導英國旅遊網站選出了全球十大怪食物，臺灣的豬血糕高居榜首，其他還有烏干達的蚱蜢、馬來西亞的榴槤、澳洲蛾的幼蟲、越南蛇酒……。

小若吃著盤裡的什錦炒飯，邊跟媽媽說，「果然大家想法跟我一樣，我也覺得豬血糕是全世界最噁心恐怖的食物。」

媽媽卻說，「你知道豬血糕的由來嗎？以前的人們很窮，整條豬宰殺以後，希望全身都可以利用，就把豬血混在糯米裡蒸來吃。我小時候大病一場，吃什麼都吐，外婆試著給我吃了一點豬血糕，沒想到我竟然一口接一口，把整塊吃完了，所以外婆說豬血糕是我的救命食物。只是，現在很難吃得到像外婆蒸的那種豬血糕了。」

小若萬萬沒想到，媽媽竟然喜歡豬血糕，那他要去拜託雞蛋糕叔叔，變回豬血糕叔叔，小甘說過，他做的豬血糕很美味，說不定可以填補媽媽的思念。

豬血糕叔叔彷彿聽到他的呼喚，重新出現在學校對面騎樓下，其他

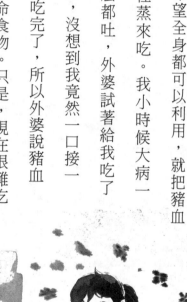

的攤販卻都消失了。

小若顧不得等待小甘，興奮的衝過馬路，跟他說，「豬血糕叔叔，你終於回來了。」

豬血糕叔叔挪了挪他的鴨舌帽說，「我生病了，病得很嚴重。」

「生病就應該回家啊！我哥哥每次蹺家，都要等到他生病才會自動回家。你為什麼不回家呢？」

豬血糕叔叔搖搖頭，「我不能回家。因為我爸媽不准我跟大我幾歲的女朋友結婚，把我送到國外去，我勉強讀完書，想盡辦法跑回來，可是卻找不到我女朋友了。我擔心找固定工作會被我爸媽發現，只好到處流浪，同時尋找我的女朋友……」

「唉！」小若嘆了口氣，「你的故事雖然跟我媽媽的不同，但是都很感人，只可惜你不是我爸爸。我跟你買兩支豬血糕好了，希望你可以早日找到女朋友。」

這是小若第一次嘗試吃豬血糕，剛開始怕怕的，緊閉著雙眼才勉強吞下去，漸漸的發現，愈吃愈好吃。媽媽回家時，吃著小若買的豬血糕，一直點頭，「這味道很棒，跟我外婆做的很像，而且撒的不是花生粉，是核桃粉。」

小若提到學校旁的豬血糕叔叔和他的故事。沒想到，媽媽竟然流下眼淚。

「他的故事跟我有幾分雷同，你爸爸也是年齡比我小，他家人認為我結過婚、生過小孩，又比你爸爸年紀大，給了我一百萬，要我離開他。我想再耗下去也沒有希望，乾脆就悄悄搬家，不讓你爸爸找到我。」

小若張大眼睛，以為自己聽錯了，「媽媽，妳明明是說妳生下我，爸爸嫌我的哭聲太吵，所以離家出走。」

難道……難道……？小若跳起來，丟下筷子，急忙衝出家門，零零也跟著一起跑，一邊嗚咽著，「他要回家，他要回家。」

豬血糕叔叔正在收拾攤子，準備打烊，零零看到他，興奮得又叫又跳，不斷用前爪抓他褲管，莫非豬血糕叔叔就是鬍子叔叔？

小若連忙問他，「為什麼你的豬血糕撒的是核桃粉？是誰告訴你這樣做的？」

豬血糕叔叔卻沒有理睬他，似乎不想跟他相認。

他真的是他爸爸嗎？十二年了，他東躲西藏，卻又不時在小若身邊出現，是為了悄悄照顧他嗎？小若應該跟他相認嗎？早知道應該通知小甘一起來。

為了求證，小若只好問他，「你的女朋友叫什麼名字？」

豬血糕叔叔不假思索的說，「她叫李淑美。」

小若嘆口氣，非常失望，「怎麼不是我媽媽的名字程曼青？」

這時，他意外的聽到豬血糕叔叔的心聲，「很抱歉，我不能跟你相認，我實在沒有資格做你的父親。」

小若整個人僵住了，沒有立即拆穿他，只是默默的望著他的背影。

小若想，豬血糕叔叔不主動相認，就表示他還沒有準備好做回他爸爸，即使勉強他，說不定很快又跑掉了。

找了許久的爸爸，就在他的面前，他卻不能像小甘投入爸爸的懷抱，他渾身發著抖，強壓抑著自己澎湃的情緒。

豬血糕叔叔走到他的面前，小若好緊張，以為他改變心意了，他卻說，「這是我最後一天賣豬血糕，剩下的豬血糕我已經包好了，你帶回去請媽媽吃。」

說完話，豬血糕叔叔推著攤子，邊走邊回頭，心裡默默說，「小若，不要只曉得追尋天邊的彩虹，卻忘了身邊的媽媽，你媽媽很愛你，快回去吧！」

小若捧著豬血糕，蹲在地上啜泣，低聲喊著，「爸爸，爸爸，我好想你喔！」

「只要你想我的時候，我就會出現在你身邊。」豬血糕叔叔的聲音愈來愈遠，直到消失在街角。

小若垂頭喪氣回到家，把豬血糕遞給媽媽，正準備回房間，媽媽興奮的叫住他，「小若，好消息喔！你嫂嫂懷孕快要生了，你哥哥說他要上班，沒辦法照顧她和小寶寶，所以他想搬回家住。他終於求我了，他終於要回來了。我們一家又可以團圓了。」

「所以，爸爸回不回來，或是，妳有沒有男朋友都不重要了？」小若忍不住問。

「對啊！我可以把我的愛，給我的小孫子啊！趕快，我要把房間好好整理一下，還要去買菜……，我要開始規畫菜單了。小若，禮拜六陪媽媽去市場喔！」

「喔！」小若淡淡回應。看到媽媽為了哥哥回家這麼高興，他並未嫉妒，至少他已經找到自己的爸爸。

而媽媽雖然愛他不像愛哥哥那麼濃，可是，媽媽沒有趕他出門，逼他做苦工、賣口香糖或衛生紙，三餐沒有缺少，雖然常常吃泡麵，但是他卻沒有餓過肚子。比較起來，媽媽比爸爸更負責任更愛他。

或許，他應該試著多關心一下媽媽，就像豬血糕叔叔說的，他一直忙著追尋爸爸，卻忘了珍惜身邊的媽媽。

說也奇怪，這以後，小若再也沒有聽到別人心裡的話，或是動植物等跟他交談。失去這項奇特本領，他並不難過。他寧願相信大家都有一顆善良的心。他也不需要躲在暗處的朋友，他要正大光明的朋友，像小甘這樣。

「程柏若！你還不趕快起床，上學要遲到了。」小甘的臉突然出現

在小若面前，他嚇得從床上彈跳起來，一邊穿衣服一邊說，「有妳這樣的鬧鐘真不錯，都不用上發條、裝電池！」

「程柏若，你敢說我是鬧鐘，我的身材比鬧鐘好多了，你再嘲笑我，我就跟你媽媽說豬血糕叔叔的故事……」小甘把溼答答的洗臉毛巾丟在小若臉上。

小若直討饒，「有妳這樣的朋友，我真的是什麼祕密也沒有了……」

「對啊！有我這樣的朋友，你還需要什麼神祕朋友！」小甘拍拍他的肩膀，「你快去刷牙洗臉，今天要考的英文單字還沒有背完呢！快點，快點啦！」

就在這時，突然傳來嫂嫂的尖叫，媽媽狂呼著，「小若，小若，快打一一九叫救護車，你嫂嫂要生了……」

哇！他們家又要進入另一個戰國時代，小若開始感到興奮，期待著又有什麼新鮮的事情發生……。

國家圖書館出版品預行編目資料

小若的神祕朋友／溫小平文；恩佐圖 . --初版 . --
臺北市：幼獅，2016.01
面； 公分. --（小說館.014）
ISBN 978-986-449-030-1（平裝）

859.6 104026036

•小說館014•

小若的神祕朋友

作　　者＝溫小平
繪　　者＝恩佐
出 版 者＝幼獅文化事業股份有限公司
發 行 人＝李鍾桂
總 經 理＝王華金
總 編 輯＝劉淑華
副總編輯＝林碧琪
主　　編＝林泊瑜
編　　輯＝周雅娣
美術編輯＝李祥銘
總 公 司＝10045臺北市重慶南路1段66-1號3樓
電　　話＝(02)2311-2832
傳　　真＝(02)2311-5368
郵政劃撥＝00033368

門市
•松江展示中心：10422臺北市松江路219號
電話：(02)2502-5858轉734　傳真：(02)2503-6601

印　刷＝崇寶彩藝印刷股份有限公司
定　價＝250元
港　幣＝83元
初　版＝2016.01
書　號＝987229

幼獅樂讀網
http://www.youth.com.tw
e-mail:customer@youth.com.tw
幼獅購物網
http://shopping.youth.com.tw

行政院新聞局核准登記證局版臺業字第0143號